講談社文庫

びわ湖環状線に死す

西村京太郎

JN051530

講談社

目次

第一章　遺品　7
第二章　今度は殺された　52
第三章　近江塩津《おうみしおつ》駅　93
第四章　男と女　139
第五章　疑問あり　179
第六章　事件の余波　213
第七章　善意の報酬　253

びわ湖環状線に死す

第一章　遺品

1

東京都荒川区《あらかわく》南千住《みなみせんじゅ》。荒川の近くに、「希望の館」がある。倒産した古い旅館を買い取り、改造したものである。医者が五名おり、看護師十二名、それから、職員が八名いる。

現在、ここに、収容されている人たちは、一応患者と呼ばれているが、その人数は、三十六名。ほとんどが老人だ。

簡単にいえば、見捨てられた人々である。末期ガンなどで、すでに、もう手術もできず、余命いくばくもない。その間、家族が見守ってくれればいいが、家族にも見捨てられているか、あるいは、家族がいない人たちである。

行き倒れの老婆が、救急車で、病院に運ばれたが、医者がサジを投げ、そのうえ、認知症で、彼女は、自分の名前もいえず、家族のことも、分からない。

そんな老婆も、この「希望の館」に、送られてくる。ここの医者は、患者の病気を、治そうとはしない。もし、末期ガンなどの患者が、苦痛を訴えた場合は、その苦痛を、和らげる薬を処方する。それだけである。

病気の治療以上に、この「希望の館」の職員が、気を遣っているのは、安らかに、患者に、死を迎えさせることである。だから、医者のうち二人は、精神科医である。

「希望の館」では、近くの教会や寺と、契約していて、患者が亡くなった場合は、その患者の希望によって、神父や僧侶を呼んで、葬式を、済ませることにしていた。

五月六日、その「希望の館」で、今年になって五人目の患者が、亡くなった。

2

その患者は、六十一歳。小柄で、半月前の四月二十日の朝、上野公園で、倒れているところを、発見された。

救急車で、近くの病院に運ばれたが、診断した医者は、末期の肺ガンで、すでに、手の施《ほどこ》しようがないといった。こうした重病の患者を、収容するベッドもない。

そこで、この患者は、「希望の館」に運ばれたのだった。

所持品は、風呂敷包みが、ひとつだけ。倒れていた時も、その風呂敷包みを、しっかりと胸に抱いていた。

救急病院から「希望の館」に運ばれてきた時も、男は、その風呂敷包みを、大事そうに抱えていたのである。

彼を診断した、救急病院の医者は、三、四日のうちに、亡くなるだろうと見ていたが、「希望の館」に来てからは、半月もち、五月六日になって、亡くなった。

末期の肺ガンは、一日に数回、呼吸困難に陥《おちい》ったりする。そのたびに、「希望の館」の医者は、その苦痛を和らげるための薬を、患者に与えた。

だが、それ以上に、この患者は、心を病んでいた。強い体の痛みよりも、心の痛みのほうが、ひどかった。

「希望の館」に来た当初、名前も、いわないし、家族のことも、語ろうとしない。何をしていたかも、いわなかった。そして、よく暴れた。

上野公園で、倒れていて、救急車で、運ばれた病院でも、男は、自分の年齢以外は何ひとつ、しゃべらなかったらしい。

「希望の館」に来た後も、その頑《かたく》なな態度は、なかなか、直らなかった。それでも、「希望の館」の医者や職員は、男に優しく接し、なんとか心を、和ませようとした。

そして、半月後に、亡くなる寸前になって、男は、職員の手を、しっかりと取って、自分の名前と、ありがとうと、一言だけいった。それが、男の、最後の言葉だった。

「希望の館」では、亡くなった患者の名前や家族が分かれば、その家族に、知らせることにしていた。死ぬ間際に、この患者は、ありがとうという言葉とともに、自分の名前は、森本久司《もりもとひさし》だといった。

森本の家族が、現在どこにいるかを調べ、分かったら、彼が死んだことを、伝える役目が、「希望の館」の職員の一人、二十六歳の柴田圭太《しばたけいた》に、任された。

柴田は、その患者が、死ぬ間際に、やっと安らぎの表情になって、職員の手を握りながら、森本久司という名前をいった、その相手である。

柴田は、最初、国家公務員になろうと、思って、S大の法科に入った。今の世の中、役人が、いちばん、身分が安泰だ。そう思ったからである。

ところが、将来の自分の姿に、だんだんと自信が、持てなくなって、両親には内緒で、突然、大学を、途中で辞め、アルバイトで貯めた金を持って、放浪の旅に、出てしまった。

彼が行った先は、アフリカである。アフリカのある場所では、人間が、実に簡単に、バタバタと死んでいく。内戦で病気で、そして、貧困で。

その現実に接して、帰国した柴田は、「希望の館」というところが、あることを知って、そこの職員になった。

ただし、「希望の館」の中では、新人である。亡くなった森本久司の、家族の消息を調べて、分かったら、彼の死を伝えるという、地味な仕事を与えられたのも、今回が、初めてだった。

亡くなった患者は、最後には、「希望の館」の人たちの、優しさに感謝して、ありがとうといい、自分の名前を、森本久司と教えてくれた。

しかし、それが、本名であるかどうかも分からないし、もちろん、住所も分からない。家族が、現在、いるのかどうかも、まったく分からなかった。

唯一の手がかりは、彼が倒れていた時も、ここに運ばれてきた時も、しっかりと、抱えて離さなかった、小さな風呂敷包みである。

その風呂敷包みは、元々は、明るい、ブルーの生地だったに違いない。それが、どのくらい持って歩いていたのかは、分からないが、色あせ、薄汚れて、ところどころに、シミがついていた。

柴田は、手を合わせた後、その風呂敷包みをほどいて、中を、調べてみることにした。

中にあったのは、ボール紙で作られた、小さな箱だった。

そのボール紙の箱には、千代紙が、丁寧に貼ってあった。本人が貼ったのか、それとも、ほかの人が、貼ったのかは、分からない。

その千代紙も、薄汚れていた。

箱を開ける。

中には、いろいろなものが、入っていた。それを、ひとつひとつ取り出して、調べていく。

まず、写真が、一枚。古びた写真である。安物の写真立てに、入っている。一応、カラー写真なのだが、かなり変色している。

おそらく、森本久司が、何度も取り出しては、眺めていたのだろう。その写真の中で、中年の男が、和服姿で立っており、その横に手を繋いで、これも和服姿の幼女が、ニッコリ、微笑《ほほえ》んでいる。

写真の裏を見ると、父、森本久司、長女、あかり七歳と、インクで、書かれていた。

たぶん、女の子のほうは、七五三のお祝いに違いない。

写真の森本久司は、おそらく、四十歳くらいだろう。「希望の館」で亡くなった時、森本は、六十一歳だったから、今から、二十年ほど前の写真である。

とすれば、この、あかりという名前の長女は、健在なら、二十七、八歳に、なっているはずだった。

写真には、須田《すだ》写真館というゴム印が、押してあった。七五三のお祝いの長女を連れて、父親が、この須田写真館で、撮ってもらった写真に、違いない。

もし、この須田写真館の場所が、判明し、今でもそこにあるのなら、そこで聞けば、森本久司のことが、何か、分かるかもしれない。

次は、色紙《しきし》。

これは、ボール箱に、入れるためか、二つに折られていた。その色紙には、筆で、こう書いてあった。

売り手よし

買い手よし

世間よし

この言葉が、三行、並べて書いてある。署名は、なかった。

その色紙も、何年も、持ち歩いていたとみえて、薄汚れて、ところどころに、汚いシミがついていた。それでも、二つに、折ってまで、箱に入れて、大事に持っていたのだ。

死んだ森本久司にとって、この色紙の文字は、何かの印だったのかもしれない。たとえば、生き甲斐のような。

次は、革のサックに入った、印鑑である。

それは、象牙の印鑑で、森本久司というフルネームが、彫ってあるところを見ると、実印なのかもしれない。

柴田は、風呂敷包みの中身を、尊敬している加賀美《かがみ》に、見てもらった。加賀美は、精神科医である。

加賀美は、遺品を、ひとつひとつ、丁寧に見ていたが、写真には、微笑して、

「森本さんには、娘さんがいたのか？」

「おそらく、二十年ほど前の写真で、その時、七歳ですから、今は二十七、八歳にな

っていると思います」

「この娘さんが、どこかで、生きているのなら、なんとか、探し出して、この遺品を渡してあげたいな」

と、加賀美が、いった。

「ここに、須田写真館という、ゴム印が押してあるじゃないか？　この写真館の場所が分かれば、なんとか、森本さんのことも、分かるかもしれないぞ」

「私も、そう思いました。しかし、どこにあるのか、分かりません。一応、東京都内に該当する写真館がないかどうか、電話帳で調べてみたのですが、見当たりませんでした」

「最近は、誰でも、カメラを持っているし、デジカメだと、自分でも、プリントできるからね。こういう昔風の写真館に行って、写真を撮る人は、少ないのかもしれないね」

「そうですね。でも、この須田写真館は、残っていてほしいと思います。この色紙の文字が、よく分からないのですが」

柴田は、それを広げながら、加賀美に、見せた。

加賀美は、声に出して、

「売り手よし、買い手よし、世間よし、か。なんとなく、商売の心得を、説いた言葉のように思えるね」

「私も、そんなふうに感じたのですが、肝心の書いた人の名前がないし、これが、森本さんの家族を探す、手がかりになるかどうか、分からないのですが」

柴田が、いうと、加賀美医師は、ちょっと考えてから、

「三日前に、うちに来た、おじいさんがいただろう？」

「竹下《たけした》さんですか？」

「ああ、そうだ。名前は、本名かどうかは、分からないけどね。自分では、八十歳だという、肝臓をやられているおじいさんだ」

「あの人が、どうかしたんですか？」

「本当か嘘かは分からないが、私が、話を聞いたところでは、昔、手広く、商売をやっていたと自慢していた。この色紙のことを、きいてみなさい。もしかすると、何か、分かるかもしれない」

加賀美が、教えてくれた。

柴田は、色紙を持って、三日前に、ここに入所した、老人のところに行った。

竹下というのは、本名かどうか、分からないよと、加賀美医師は、いっていたが、

本当だった。

ここに運ばれてきた時、最初は、竹下だといっていたのだが、二日目に、世話をした看護師には、山口《やまぐち》という、別の名前をいっていたからである。

柴田は、一応、竹下さんと、呼ぶことにした。

竹下も、ホームレスの一人で、肝臓をやられていて、すでに、肝硬変になっていたが、それでも、金があると、自動販売機で、日本酒を買っては、飲んでいた。

三日前も、酔っ払って、荒川の土手で倒れているところを、運ばれてきたのである。

老人を診察した医師は、せいぜい一ヵ月、よく持って二ヵ月だろうと診断していた。それでも、竹下老人は、元気で、柴田の顔を見ると、

「おお、新人か。何の用だ?」

と、いった。

「竹下さん、昔、商売を、やっていたというのは、本当の話ですか?」

柴田が、きいた。

「ああ、何人も人を使ってな、手広く商売をやっていたさ。景気がいい時は、番頭が三人いて、店員が四、五十人はいたかな」

竹下は、自慢げに、いう。

「それじゃぁ、この色紙を、見てくれませんか？　何か、商売の心得のような言葉が、書いてあるんですが」

と、柴田は、そういって、色紙を、竹下老人に見せた。

竹下老人は、フーンと、鼻を鳴らしたが、何も、いわない。

「分かりますか？」

「ちょっと待て。今、考えているところだ。確か、これと同じものを、前に、どこかで見たことがある」

「じゃあ、教えてくださいよ」

「だから、今、それを、思い出そうとしているんだ」

「本当ですか？　竹下さん、ちょっと、ぼけているから」

柴田が、わざと、少しふざけていうと、老人は、真顔で怒り、

「分かった！」

と、大声を出した。

「分かりましたか？」

「これはね、近江《おうみ》商人が、よく使う、商売の心得だよ」

「近江商人ですか？　近江というと、確か、滋賀県でしたよね？」

「ああ、そうだ。滋賀県だよ。君なんかは、よく知らんだろうが、江戸時代に、有名だったのが、近江商人でね。今ある大会社のいくつかは、近江商人の血を、受け継いでいるんだ」

「そうなんですか」

「いいかね、ここに、売り手よし、買い手よし、と書いてある。この二つは、どこの商人だって、口にする言葉だ。売るほうも、買うほうも儲《もう》かる。そういうことだからね。問題は、この三行目だよ。これが近江商人独特の言葉で、偉いところでもある。君も、そう思うだろう？」

「私には、世間よしというのが、よく分かりませんが」

「こんなことも、分からんのか？」

「たぶん、売る人も買う人も、喜ぶけど、同時に、世の中の人も喜ぶ。そういうことじゃないんですか？」

「まあ、そんなところだ」

　竹下老人は、うなずいた。

　そうすると、森本も、近江、滋賀県の人間なのだろうか？

柴田は、図書室に行って、本棚で、必要な本を探した。

ここには、各県別に、その県の特徴や歴史、経済状況、その県出身者の気質などを、まとめた本が並んでいる。この「希望の館」に来て、どこの誰とも分からないままに、死んでしまう人が多いので、なんとかして身許《みもと》を確かめたいと、そのために、用意された資料だった。

柴田は、その中から、滋賀県の本を取り出して、目を通してみることにした。

柴田は、京都には、行ったことがあるが、その隣の滋賀県には、一度も行ったことがなかった。

もちろん、琵琶湖があることぐらいは知っているが、滋賀県が、どんな県なのかと、聞かれても、答えられそうもない。

まず、滋賀県の、大きな地図を見た。県の六分の一ほどを、日本一の大きさの琵琶湖が、占めている。

「なるほどね」

と、柴田は、一人でうなずいた後、

「ああ、やっぱり」

と、また、うなずいた。

地図の中の、地名を見ていくと、やたらに、近江という字が出てくる。琵琶湖の東側、湖東《ことう》を見ると、近江八幡《はちまん》という文字が、見える。ほかには、近江町というのもあるし、私鉄には、近江鉄道という名称が、ついている。

琵琶湖の西に、目を移すと、JRの湖西《こせい》線が通っているのだが、駅名を見ていくと、ほとんどに、近江という冠がついている。

北から近江塩津《しおつ》、近江中庄《なかしよう》、近江今津《いまづ》、近江舞子《まいこ》、そして、琵琶湖のいちばん南のほうに、架かっている橋は、近江大橋とある。

どうやら、滋賀県は、昔は、近江国《おうみのくに》といったらしい。だから、近江商人というのだろう。

その本のページを、繰っていくと、近江商人という項目があった。

見出しには、「湖東、湖の東の、経済と文化を作り、育てた近江商人」とあるから、近江商人が生まれたのは、どうやら、琵琶湖の東らしい。

そこには、近江商人の歴史として、次のような、記述があった。

〈近江国は、中仙道や東海道が通じていて、それに、琵琶湖という湖を利用した水路もあったので、昔から東西の物資が行き交う場所であった。

その近江で、信長と秀吉が、商業を、奨励したので、活気に満ちた、商業都市が誕生した。

その一つ、近江八幡の起源は古く、今から、四百年以上も前の一五八五年（天正十三年）に遡《さかのぼ》る。取り扱われた商品は、最初は、畳表《たたみおもて》や茅《かや》、後には呉服や酒、金融と、幅広くなった。

変わったところでは、おせち料理に使う商品も、ここ近江で、開発された。

その頃、まだ発展途上にあった江戸にも、いち早く、支店を出して、商業の範囲を広げ、ベトナムやタイにも、近江商人は、出向いている。

地図にある、近江八幡が、最初に栄え、八幡商人といわれ、その後から五個荘《ごかしょう》の商人が活躍を始めた〉

地図を、もう一度見ると、確かに、五個荘というところがある。その近くには、近江八幡という地名も、あった。

記述は、さらに続き、見出しは「近江商人の気質」とあった。

〈近江商人は、家訓という形で、その商業哲学を後世に伝えてきた。その多くは、私財を増やすことに、こだわらず、どの地域に行っても、治水や植林、道路の建設、あるいは、橋梁《きようりよう》など、公共事業を、進んでやり、地方の発展に協力する。

その精神は、近江商人の、どの町にも行き渡っていた。

そのひとつが、三方よしの、合い言葉である〉

と、あって、そこに、森本が持っていた、色紙にあった「売り手よし、買い手よし、世間よし」の言葉が出ていた。

どうやら、これは「三方よしの精神」というらしい。

そこにあった、三方よしの、説明は、竹下老人がいったことと、ほとんど同じだった。

本のほうでは、こう、説明してあった。

〈前の二つ、売り手よし、買い手よしは、常識である。最後の世間よしは、商売に出向いた地域での、貢献を説いたもので、このため、近江商人は、どこに行っても、全国的な、経済活動が許された。

また、五個荘の商人の家訓には、こうあったという。

他国へ、行商するのも、すべてわがことのみと思わず、その国の、一切の人を大事に、私をむさぶるなかれ〉

このページの最後には、「近江商人にルーツを持つ主な企業」とあって、そこには、こう書かれてあった。

〈丸紅、伊藤忠、トーメンといった、商社、髙島屋、大丸といった、百貨店、東洋紡、日清紡といった、紡績会社、そのほか、日本生命、西武グループ、ヤンマー、ワコールなど、日本を代表する大企業が、近江商人に、ルーツを持っている〉

亡くなった森本久司が、この本にある、三方よしの精神を書いた色紙を、大事に持っていたところを見ると、彼は、近江、今の滋賀県の出身ではないのか？

そして、近江商人の血を、受け継いでいるのかもしれない。若い時には、滋賀県辺りで、商売をしていたのではないのか？

その商売をしている時に、店の壁に、三方よしの精神を書いた色紙を、飾っていたのではないのだろうか？

柴田は、そんなふうに、考えてみた。

柴田は、館長の佐々木《ささき》に、事情を説明し、滋賀県に行く許可を、求めた。

佐々木館長は、本当のオーナーである、資産家の未亡人から、頼まれて、この「希望の館」の館長をしている。教育者としても、よく知られている人で、温厚な人柄だった。

若い柴田に対しても、いつも、丁寧な言葉を使う。

柴田の説明を聞いた後、佐々木館長は、

「なかなか、いいところに、目をつけましたね。滋賀県に行けば、森本さんの消息がつかめると、思いますか？」

「正直いって、それは、分かりませんが、ぜひ、行ってみたいと思うのです」

「滋賀県に行くのは、初めてですか？」

「ええ、初めてなので、少しばかり、緊張しています」

「そうですね。少しぐらい緊張していたほうが、いいかもしれません。気をつけて、行ってらっしゃい」

佐々木館長は、そういってくれた。

柴田は、三日間の出張願を出し、旅費と宿泊費をもらって、出発した。

柴田は、新幹線で、米原《まいばら》まで行き、米原で乗り換えて、近江八幡に、向かった。

最初に、近江八幡を選んだのは、本に、近江商人の発祥の地は近江八幡だと、書かれてあったからである。

続いて、五個荘の商人が、それに続いたのだが、五個荘の町も、近江八幡のそばである。

近江八幡は、商業の町であると同時に、水郷の町でもある。

観光客が、水郷巡りに来ることも多く、四つの会社が、水郷巡りの船を、運航していた。

柴田は、近江八幡の市役所に行ってみることにした。

柴田が、型通り、受付で、名刺を渡し、来意を告げると、しばらく、応接室で待たされてから、住民課の井上《いのうえ》という課長が、応対してくれた。

柴田は、もう一度、自分が「希望の館」という施設に、勤めている人間で、森本久司という六十一歳の男が、肺ガンで、死んだこと、遺品があったこと、その遺品の中に、近江商人の家訓のようなものを書いた色紙が、残っていたことなどを、話した。

井上課長は、色紙を見てから、

「なるほど。間違いなく、これは、近江商人の家訓ですね。しかし、これを、持っていたからといって、その人が、滋賀県の人かどうかは、分からないわけでしょう？」

「ええ、分かりません。それで、私は、東京から、こちらに、来てみたのです。もし、ご家族の方が、いらっしゃるのでしたら、なんとしてでも、この遺品を、お渡ししたい。そう思っているのです。遺品だけではなく、もちろん、遺骨も」

と、柴田は、いった。

「つまり、この写真に写っている娘さんに、渡したい。そういうわけですね？」

「ええ、そうなんです。これは、二十年ほど前に、撮ったらしい写真ですから、その時、七歳とあるので、現在、その娘さんは、二十七、八歳になっていると思われます」

「たぶん、きれいな、いい娘さんになっているでしょうね。森本あかりさんか。その名前で、調べてみましょう」

「もうひとつ、この写真に、須田写真館とあります。お手数ですが、この写真館のことも、調べていただけませんか？」

と、柴田は、頼んだ。

「では、少々、お待ちください」

と、いって、井上課長は、応接室を、出ていったが、三十分ほどすると、戻ってきて、

「調べてみましたが、残念ながら、森本あかりという人は、この近江八幡市には、該当者が、おりませんね。念のため、森本久司という名前も、調べてみましたが、こちらも、見当たりませんでした。それから、須田写真館というのもありません。以前にはあって、現在なくなってしまったかと、その条件でも、調べてみたのですが」

残念そうに、いった。

その結果を、聞いても、柴田は、そんなに大きな失望を、感じなかった。なんといっても、今日は、初日である。

それに、最初に訪ねた近江八幡市で、すぐに、該当者が、見つかるとは、思っていなかった。

その後、井上課長は、あらためて、写真に目をやって、

「これが、四十歳頃の、写真ですか？　恰幅《かっぷく》がいいし、堂々たる商人というか、まあ、サラリーマンだったとしても、課長クラスには、見えますね」

写真の、四十歳頃の森本久司は、和服を着ている。

その和服について、着物の専門家に写真を見てもらったところ、かなり、高価なものだという。七歳の娘、あかりが、着ている晴れ着もまた、高価なものだと、その専門家は、いった。

「写真を撮った頃は、かなり、裕福な生活をしていたと、思われるのです」

と、柴田は、いった。

「この写真、複写させてもらえませんか？　私は、滋賀県のほかの町の役場の人間とも、つき合いが、ありますから、この写真を見せて、何か、分からないかきいてみたいのです。もし、何か、分かったら、すぐ、ご連絡します」

と、井上は、いってくれた。

「お願いします」

と、柴田が、いうと、

「これ、四十歳くらいの頃の写真でしょう？　六十一歳で亡くなった、最近の写真は、ありませんか？」

「森本さんは、『希望の館』に来て、半月で、亡くなったのですが、来てすぐに撮った写真が、あります」

そういって、柴田は、一枚の写真を、井上課長に渡した。

井上は、その写真を、見た瞬間、眉《まゆ》をひそめて、

「ずいぶん違いますね」

と、いった。

確かに、娘と一緒に撮った写真は、四十歳の頃。亡くなる直前に、撮った写真は、六十一歳。違っているのは、当然だが、しかし、普通の人と比べて、違いすぎている。

四十歳の頃の写真は、恰幅がよく、撮れているが、六十一歳の写真は、痩せて、ギスギスしている。髪にも、白いものが目につく。

「希望の館」に来て、すぐの頃に撮った写真だから、当然、表情は固く、荒《すさ》んだ雰囲気になっている。

「森本さんの遺品の中に、銀行か、郵便局の預金通帳のようなものは、なかったんですか？もし、この娘さんに、遺《のこ》してあげたくて、こつこつと、貯金をしていた。そんなものがあれば、探すのに、参考になると、思うんですけどね」

と、井上が、いった。

確かに、柴田も同じことを考えて、遺品の中に、預金通帳を探している。しかし、そんなものは、何もなかった。わずかの現金も、である。

柴田は、お礼をいって、市役所を出ると、近くにある警察署をたずね、五個荘に、行ってみることにした。

そこもまた、近江商人発祥の地と、本に書いてあったからである。

柴田は、近江八幡駅近くの小さな食堂で、簡単な昼食を摂った後、五個荘に向かった。

近江八幡も、歴史が残る、古風な昔風の町並みだったが、五個荘のほうは、さらに昔の風景が、残っていた。どこか、津和野《つわの》の町に似ていて、道路に沿った水路には、さまざまな色のコイが、泳いでいた。

そんなところも、どこか、柴田が、以前に行ったことのある、津和野に似ているのだ。

ここでも、柴田はまず、市役所の出張所を、訪ねた。

この役所では、担当は、黒田多恵《くろだたえ》という中年の、女性の係長だった。

「この五個荘というのは、面白い名前ですね」

柴田が、うっかりいうと、彼女は、生真面目に、

「住んでいる私たちは、歴史のある名前だと、誇りに思っていますけど」

どうやら、面白いという、柴田のいい方が、気に障《さわ》ったらしい。

柴田は、慌てて、

「そうですね。歴史が、ありますね」

と、いい、それから、「希望の館」の説明をした。

ここでも、近江八幡の市役所でしたのと、同じように、「希望の館」のパンフレットを渡し、事業を説明する。最後に、森本久司のことを話した。

黒田多恵は、

「近江八幡より、ここは、小さな町ですから、該当する人間がいるかどうか、すぐ、分かりますよ。調べてきましょう」

そういって、席を立った。

係長は、十五、六分もすると、戻ってきて、

「残念ながら、お探しの方は、この町にはいませんね」

それでも、近江八幡の井上課長と同じように、この近くの町などに、当たってみると、いってくれた。

柴田は、自分の、携帯電話の番号を、相手に伝えた。

「何か分かりましたら、どんな小さなことでも結構ですから、この携帯に、かけてください。よろしくお願いいたします」

その後、柴田は、五個荘の、警察の派出所に行き、同じことを、依頼した。

近江八幡の警察署でも、頼んだことである。

歴史のある町は、そこに住んでいる人たちも、心優しいのか、どこでも、柴田に対して、優しく、応対してくれた。

ただ、今までのところ、森本久司のことを、知っているという声は、聞けなかった。

柴田は、町の小さな喫茶店で、ひと休みした後、東海道本線の、普通列車に乗って、彦根《ひこね》の町まで行くことにした。滋賀県は初めてなので、どこへ行ったら、森本久司の家族の消息が、聞けるのか、分からないのだ。

そこで、今日から明日は、琵琶湖の東側を回ってみる。その後は、湖西を、回ってみるつもりだった。

彦根は、今の五個荘の町に比べると、はるかに、大きい町である。

柴田は、歴史にも、興味を持っているから、彦根が、桜田門外の変で、水戸浪士に殺された、井伊《いい》大老が、城主だった城下町だということは知っている。

彦根駅で降りると、近江八幡とか五個荘のところでも、感じたのだが、駅の周辺に、いわゆる商店街といった、賑やかな雰囲気はなかった。何か、駅周辺が、ひっそりと、静かなのである。

駅が、町の中心街から少し離れた場所にある。

わざと、そういうふうに造ったのではなくて、町が古いので、自然に、こういう形に、なっているのだろう。

そういう不便さがあるからだろうか、駅前から、巡回バスが出ていた。一日乗り放題で五百円。観光客にも、おそらく、便利なバスに違いない。

柴田も、そのバスに乗って、彦根の市役所に、向かうことにした。

駅前から、彦根城に向かって、彦根城通りという通りが、続いている。

柴田は、もちろん、観光で、彦根城を見に来たわけではないが、バスの運転手にきくと、その周辺が、彦根市の行政の中心となっていると、教えられたので、城の近くで、降りることにした。
十二、三人の、観光客らしいグループが、同じように、ここで降りて、城に向かって、歩いていく。
彦根城の天守閣は、国宝に指定されているだけに、美しい。柴田も、一瞬、仕事を忘れて、天守閣を、見上げていた。

バスの運転手が、教えてくれたとおり、彦根市役所は、彦根城の、そばにあった。

柴田は、ここでも、担当者に、「希望の館」の説明をしてから、森本久司のことを、きいてみた。

しかし、ここでも、森本久司や、家族の消息は、聞けなかった。

柴田は、べつに、失望はしなかった。今日は、最初の日である。その日に、そんなに簡単に、森本久司の家族の消息が、つかめるはずがないのだ。なにしろ、行き倒れのようにして、死んでいった六十一歳の男なのである。

森本は、「希望の館」でも、自分のことは、ほとんど話さなかった。たぶん、故郷を捨てた理由があって、帰りたくても、帰れずに、死んでいったのだろう。

そんな、孤独な男の生い立ちや、家族のことが、簡単に分かるとは、柴田は、思っていなかった。

ここでも、何か、分かったら、すぐに電話をくださいといって、柴田は、自分の携帯の番号を、教えた後、

「申し訳ないのですが、滋賀県には、初めて来たものですから、どこか、安い旅館を、教えていただけませんか？」

と、相手に、頼んだ。

世話をしてくれたのは、簡保《かんぽ》の宿だった。

「琵琶湖の湖岸にあって、景色も、いいし、夕食も、おいしいですよ」

と、相手は、いい、わざわざ、電話をして、予約を、取ってくれた。

そのうえ、自分の軽自動車で、その「かんぽの宿彦根」まで、柴田を送ってくれたのである。

4

夕食をすませた後、二階の部屋に入って、取りあえず、寝転がった。

少し、歩き疲れている。いろいろと頼んで、歩いたので、精神的な疲れもあるのだろう。

彦根の市役所には、寄ったが、彦根の警察署には、まだ寄っていない。明日、朝の早いうちに、警察のほうに、寄ってみよう。

つい眠ってしまって、携帯の着信音で、目を覚ました。

頼んでおいた消息が、どこかで、分かったのかと思いながら、起き上がって、携帯に出ると、「希望の館」の加賀美医師だった。

柴田が、「希望の館」で、いちばん尊敬している医者である。

「ご苦労さん」

と、加賀美は、いってから、

「どうだい、森本さんのことで、何か分かったかい？」

「今日は、近江八幡の市役所と警察署、それから、商人の町といわれる、五個荘の役所と派出所に行き、最後に、彦根の市役所に寄ってみました。どこでも、快く協力はしてくれるのですが、残念ながら、森本久司の家族の消息は、つかめませんでした」

「今日は最初の日なんだから、あまり、焦らないほうがいいよ」

「私も、そう思っているんですが、死んだ森本さんのことを考えると、一日も早く、家族を見つけて、彼のことを、知らせてあげたい。遺骨と遺品を、渡してあげたい。そう思ってしまうんですよ」

「その気持ちは、よく分かるけどね。たぶん、森本さん自身が、ほとんど、家族との音信を、絶ってしまったんだろうと思うよ」

「そうでしょうね。森本さんが、『希望の館』に来られたのが、三週間くらい前で、その後、亡くなる寸前まで、名前さえ、教えてくれませんでしたから。人間不信が強かったと、思いますね」

「まだ、景色を楽しむところまではいっていないと思うが、滋賀県は、なかなか、いいところだろう?」

「加賀美さんは、滋賀県を、よく知っているんですか?」

「僕は、京都の大学を卒業している。それで、京都の町に、下宿していたので、夏休みなんかには、時々、琵琶湖に、遊びに行っていたんだよ。琵琶湖で、泳いだこともある」

と、加賀美は、いった。

加賀美が、勉強していた大学では、琵琶湖に、ボート部の合宿所があったという。

「じゃあ、加賀美さんも、ボート部だったんですか?」

と、きくと、

「僕は、運動神経が、なかったからね。大学時代、体育の関係の部には、入っていなかった」

「じゃあ、もっぱら、勉強していたんですか?」

「さあ、どうだったかな」

加賀美は、電話の向こうで、声を出して笑った。

その後で、

「森本さんの家族が見つかって、用事をすませたら、一日ゆっくりと、琵琶湖の観光を、楽しんでくるといいよ。とにかく、いいところだから」

といって、加賀美は、電話を切った。

柴田は、立ち上がって、窓のカーテンを開けた。

目の前に、琵琶湖の湖面が、広がっている。

この近くには、彦根の港があり、そこから、観光船が出ていた。

その後、柴田は、自分で、お茶を淹《い》れ、それを飲みながら、今日会った人たちからもらった名刺を、テーブルの上に、並べていった。

近江八幡の市役所と警察署で会った、担当者の名刺、五個荘の役所の女性係長の名刺、派出所の巡査部長の名刺、そして、彦根市役所で、もらった名刺、そのほか、ひと休みするために入った喫茶店でも、オーナーの店主に、わけを話して協力を要請し、そのオーナーからも、名刺をもらっていた。

その店の名前は、琵琶湖らしく、「レイクサイド」。店長の名前は、桜井信夫《さくらいのぶお》と、なっていた。

どの人も、優しかった。

しかし、だからといって、こちらが、探している森本久司の家族の消息が、つかめるかどうか、それはまた、別の問題である。

柴田は、寝る前に、もう一度、ショルダーバッグの中から、森本久司が残した風呂敷包みを、取り出した。

森本久司の家族が、見つかったら、この風呂敷ごと、相手に、渡すつもりだった。そうすることは、佐々木館長にも、いわれている。

ホームレスに近い生活をしながらも、森本久司は、この風呂敷包みだけは、いつも、しっかりと胸に抱えていたという。

汗の染《し》みついた、古ぼけた風呂敷である。中身を取り出して、テーブルの上に、並べてみる。

二つに折られた色紙に書かれた、近江商人の家訓、実印らしい印鑑、そして、なによりも気になるのは、二十年ほど前に、撮られたと思える写真である。

四十歳くらいの、和服姿の、恰幅のいい森本久司が、七歳の自分の娘と一緒に、写真館で、撮った写真である。七五三らしく、七歳の娘は、晴れ着を、着ている。もし、元気ならば、現在、二十七、八歳。

生きていてほしい。見つかったら、素直に、父親の遺品を、受け取ってほしい。

柴田は、また、丁寧に、風呂敷包みに収めると、寝る前に、もう一度、滋賀県の地図を、テーブルの上に広げて、明日、どこを回ったらいいのかと、考えてみた。

滋賀県は、琵琶湖を、中心にして、地図が作られている。だから、柴田が、今日歩き回った、琵琶湖の東、湖東、それから、今いる彦根の先に行けば、今度は、湖北になる。

そして、琵琶湖の反対側は、湖西である。

湖南という呼び方が、あるのかどうかは分からないが、地図には、大津《おおつ》地方と、書かれていた。

柴田が、第一日目に、湖東を選んだのは、亡くなった森本久司が、近江商人の家訓とされる三つの言葉「売り手よし、買い手よし、世間よし」を書いた色紙を、後生大事に、持っていたからである。

森本が、近江商人に、何か、関係のある人間ではないかと思ったから、近江商人発祥の地といわれる近江八幡や、五個荘の周辺を、調べたのだ。

しかし、森本久司は、近江商人とは、何の関係もなく、ただ、近江商人の家訓が好きで、それを書いた色紙を、持っていたのかもしれない。

そうだとすると、湖東だけに、限定はできなかった。

明日、朝食を摂った後、彦根の警察署に寄り、そのあと、湖北を回ってみよう。最後に、湖西へ、行ってみる。

その結果、何も出なかったら、森本久司は、滋賀県とは、関係のなかった人間ということに、なるのではないかと、柴田は、考えた。

そうなると、どこを、探していいか、見当がつかなくなる。少しばかり、不安を感じながら、柴田は、布団に、潜り込んだ。

しかし、これが、若さの特権なのか、疲れていたのか、すぐ、眠ってしまった。

夢の中で、電話が鳴った。手を伸ばして、受話器を、取ろうとするのだが、どこにも見つからない。

焦っているうちに、目が覚めた。

相変わらず、電話が鳴っている。それは、部屋の電話ではなく、柴田の携帯だった。

反射的に、枕元に置いた腕時計を、取り上げてみると、午前二時に近かった。

ひょっとすると、森本久司の家族の消息を、知らせる電話かもしれない。

そう思って、携帯を取って、通話のボタンを押した。

「もしもし」

と、呼びかけると、

「『希望の館』の、柴田さんか？」

男の声が、きいた。

「そうです。森本久司さんのことで、何か分かったのですか？　たとえば、家族のことか」

と、柴田が、せっかちに、きくと、

「あんたに、忠告しとくよ」

男の声が、妙に、冷たい感じで、いった。

「忠告って、どういうことでしょうか？」

「すぐに、あんたは、東京に、帰りなさい。ここは、あんたみたいな人間が、来るところじゃないんだ」

「どういうことでしょうか？」

「いいか。このまま、ここにいると、あんたは、びわ湖環状線の真ん中で、死ぬことになるぞ」

と、男が、いった。

「びわ湖環状線って、何ですか？」

本当に、相手の言葉の意味が、分からなくて、柴田が、きいた。

電話の向こうで、男が、舌打ちするのが、聞こえた。

「あんたはね、このままだと、びわ湖環状線の真ん中で、死ぬんだよ。そういうことだ。分かったら、明日、さっさと、東京に帰れ」

それだけいうと、男は、電話を切ってしまった。

相手が切っても、柴田は、

「もしもし、もしもし」

と、呼び続けたが、そのうちに諦めて、携帯を、テーブルの上に、置いてしまった。

どうやら、男が、こちらを、脅していることは理解できたが、柴田には、不思議に、恐怖感は、湧かなかった。なんとも、現実感がないのだ。

それに、柴田は、「希望の館」で働くようになってから、毎月のように、人が死ぬのを見てきている。言葉を換えていえば、柴田にとって、「希望の館」で働くようになってから、死というものが、日常化してしまったのだ。

だから、死が、怖いとか、恐ろしいという感じが、しないのかもしれない。

それでも、すっかり、眠気が覚めてしまって、手帳を、取り出すと、そこに、今の男の電話のことを、書きつけておくことにした。

〈午前一時五十六分、男の声で、携帯に電話あり。年齢は、分からないが、若くはない。三十代か四十代か。すぐ、東京に帰れというが、ひょっとすると、死んだ森本久司の家族のことを、何か、知っているのかもしれない。まったく、無関係ならば、真夜中に、こんな電話を、かけてこないだろう〉

また、同じ男が、電話をしてきたら、なんとか、優しく応対して、森本久司の家族のことを、知っているかどうか、きいてみようと思ったが、その後、まったく、電話は、かかってこなかった。

5

明け方になり、短い時間ながら、柴田は、やっと、眠ることができた。

柴田が起き、着替えながら、窓の外を見ると、今日も快晴で、朝日が、湖面に映って、キラキラ輝いている。

着替えをしたあと、柴田は、一階の食堂に行き、朝食をすませ、すぐに、彦根警察署に向かった。

受付で、まず「希望の館」の説明をしてから、担当者の小野《おの》という警部補に、会った。

「柴田さんの、お仕事も大変ですね。これからは、そういう、『希望の館』のような施設が、必要になってくるかもしれませんな」

と、小野が、いった。

しかし、ここでも、森本久司の家族のことは、分からないと、いわれた。

帰りしなに、柴田は、なにげなく、小野警部補に、

「びわ湖環状線というのは、どういうものでしょうか？」

と、きいた。

小野は、滋賀県の地図を取り出してきて、それを、柴田に見せながら、

「観光案内なんかで、よくいうんですけどね。まあ、滋賀県の観光というと、どうしても、琵琶湖が中心になります。この地図で分かるように、琵琶湖の西側と東側に、鉄道が通っているでしょう？　どちらも近江塩津で、北陸本線につながっているんですが、それが南の山科でも、合わさっているんです。少しヒョウタンのような楕円形になっていますが、一応、ぐるっと回れるようになっているでしょう？　だから、びわ湖環状線というのですよ。まあ、これは、今もいったように、琵琶湖の観光、滋賀

県の観光をどうやったらいいのかを説明するのに、いちばん便利な方法なので、びわ湖環状線と呼んでいるんです。このびわ湖環状線の周辺に、ほとんどの名所旧跡が、集まっていますからね」

と、小野が、いった。

さらに、小野は、このびわ湖環状線を使っての観光がしたければ、新快速という列車があるので、それを使うのが便利だとも、教えてくれた。

「新快速という名前がついていますけど、別料金は、取られませんから、安心して、乗れますよ」

小野は、笑顔で、いった。

柴田には、今のところ、観光という意識はない。

この警察署でも、小野から名刺をもらい、自分の携帯の番号を教えてから、礼をいって、外に出た。

昨日までは、どう回って、森本久司の家族を探したらいいか、分からなかったが、環状線という意識が、働いたのか、彦根を出たら、長浜《ながはま》を回る、いわゆる、湖北を行く。それから、琵琶湖の反対側の湖西を回れば、ぐるっと、ひと回りすることになる。

それが、いちばん、効率的だろうと、柴田は思った。

もし、そうやって探しても、森本久司の家族が、見つからなければ、森本久司の故郷は、この滋賀県ではないことになるのではないか。

そう考えると、少しは、気が楽になって、柴田は、その新快速に乗って、長浜に、向かうことにした。

小野警部補が、教えてくれたとおり、新快速という名前だが、特別料金は、取られない。

昨夜のおかしな男の電話では、びわ湖環状線といっていたが、確かに、鉄道が、南と北でつながっていて、ぐるっと、琵琶湖を囲んでいる。

長浜も、彦根と同じように、城下町である。向こうは、井伊家の城下町だったが、長浜のほうは、豊臣秀吉の城下町である。

ここからは、湖北に入る。

この先を、北に行くと、有名な、賤《しず》ヶ《が》岳《たけ》の古戦場跡がある。歴史的にいえば、秀吉が、天下を、統一するために、北の柴田勝家と戦って、勝利したところということになる。

長浜城などの観光施設は、駅を降りて西側、琵琶湖に面して、建っているのだが、市役所は、東のほうにあった。

柴田は、昨日と同じように、ここでも、まず、名刺を、交換してから、「希望の館」の説明をし、それから、森本久司について、お願いした。

担当者は、すぐ、調べてくれたが、やはり、ここでも、森本久司という名前は、見つからないし、ましてや、その家族のことは、何も分からないと、いわれた。

たぶん、あなたが、探している人は、この長浜の町にはいないと、思いますよと、いわれてしまったのだ。

それでも、柴田は、自分の携帯電話の番号を、教え、

「ご面倒でも、何か分かりましたら、お電話ください。すぐに、駆けつけますから」

と、いって、市役所を後にした。

次は、長浜の警察署である。

ここで会ったのは、寺本《てらもと》という警部補だった。定年が近いと、寺本は、白髪の増えてきた頭を、かきながら、いった。

「とにかく、大変ですな。昨日からずっと、琵琶湖の周りを、探して歩いていらっしゃるのですか？」

「わけも分からずに、とにかく、探し歩いています。いろいろな方に、お願いをし

て、ご迷惑とは、思うのですが、こちらでも、お願いしたいと」

柴田は、そういって、近江八幡、五個荘、それから彦根で、担当者にもらった名刺を、寺本警部補に見せて、お願いしてきたことを、話してみた。

「一日で、こんなにたくさんの方に、お会いになったんですか？」

寺本は、いいながら、柴田の出した名刺を、一枚ずつ見ていたが、

「あっ、この人は、昨日、亡くなりましたよ」

と、突然、いった。

寺本が、指差した名刺は、昨日、五個荘の役所で会った、女性の係長の名刺だった。

黒田多恵と、その名刺には、ある。

柴田は、びっくりして、

「本当ですか？　昨日、お会いした時は、お元気で、病気があるようには、とても見えませんでしたが」

と、いうと、寺本は、小さく、首を横に振って、

「いいえ、病気ではありません。昨夜、交通事故で、亡くなったんですよ。テレビのニュースで、いっていましたよ。この近くの役所の人だから、覚えていたんです。そ

れに、女性の係長ですしね」

と、いった。

「交通事故ですか？」

「ひき逃げだったようで、お気の毒ですよね。うちの警察でも、該当車を捜しているのですが、なかなか、見つからないのです」

寺本警部補は、小さく、ため息をついた。

いきなりの話なので、どうにも、柴田には、あの中年の女性の係長が、死んだという実感が湧かない。

しかし、それでも、少しずつ、驚きが大きくなっていった。

第二章　今度は殺された

1

五月十二日早朝、東京都墨田区《すみだ》隅田《すみだ》公園の中にある公衆トイレの近くで、老人の死体が、発見された。顔面を、鈍器のようなもので、激しく殴られた形跡があったので、殺人事件と断定され、警視庁捜査一課から、十津川《とつがわ》たちが、現場の隅田公園に、急行した。

時刻は、午前六時五分。すでに、周囲は明るくなっている。

被害者の年齢は、六十代の半ばぐらいだろう。小柄で、着ているものは、さっぱりとしていたが、高価なものではなかった。

ポケットにあった財布には、三千円あまりのお金が、入っていたが、身許を証明するようなものは、何も、見つからなかった。

「身許が分からないと、面倒なことになりますね」

と、亀井《かめい》が、いったが、身許は、簡単に、判明した。

前日の五月十一日、南千住にある「希望の館」から、収容している患者の一人が、夕食の後、外出したまま、帰ってこないと、警察に、届けが出ていたのである。

名前は青木《あおき》英太郎《えいたろう》、六十六歳、身長百六十センチ、痩せ型、所持金は、三千円あまりしかなく、その服装も、届けてあった。

その失踪人の特徴と、今、目の前に、横たわっている死体のそれとは、ぴったりと一致していた。

すぐ、「希望の館」に連絡すると、佐々木館長が、加賀美という精神科医と柴田という職員を連れて、駆けつけてきた。

佐々木館長は、横たわっている死体を一目見て、

「間違いありません。うちの患者の青木英太郎さんです」

と、いった。

「申し訳ありませんが、『希望の館』という施設に関して、私は、何も知らないので

す。そこは、いったい、どういうところなんですか？」

十津川は、佐々木に、きいた。

「簡単にいえば、死を待っている人の、最後の休憩所といったらいいでしょうか。末期ガンなどで、余命いくばくもない人たちがいます。家族がいれば、温かく、最期を看取《みと》ってくれるのでしょうが、家族もいない。病院にも断られる。そういう人を、うちで預かって、人生の最後を、安らかに過ごさせてあげたい。そういうつもりで、作った施設が『希望の館』なのです。この青木英太郎さんも、長い間、工事現場で、働いていたのですが、不況で仕事がなくなるし、肝臓ガンを患っていましてね。路上で倒れているところを、うちに運ばれて来たんですが、もう手の施しようがないので、どこの病院でも、預かってもらえない。その上、家族の消息も、分からないというので、そのまま、うちに、いてもらうことになりました」

「昨夜、夕食の後、外出したそうですが、患者さんを、そんなふうに、自由に、外に出しているんですか？」

「今もいったように、この人の肝臓のガンは、もう回復の見込みがないと、いわれていますので、歩けるうちは、自由に、歩かせたほうがいい。本人が、外出したければ、どこでも自由に行っていいということにしていました。でも、こんなことになるとは、思ってもいませんでした」

佐々木館長は、目をしばたたいた。

「『希望の館』がある場所は、南千住でしょう？　この隅田公園まで、青木さんという人は、どういう目的があって、来たんですかね？」

「それは分かりません。加賀美さん、何か知っていますか？」

館長は、一緒に来た医者の加賀美に、きいた。

「昨日、夕食の後、青木さんが、ちょっと、出かけてきたいというので、私が、外へ出るのは、かまわないが、遠くに行っては、駄目ですよと、いったら、いや、すぐそばだから、遅くはならないと、青木さんは、いったんです。何をしに行くのと、きいたら、青木さん、なぜか、ニコニコと笑っていましたね。それで、私は、ひょっとすると、音信不通の家族に会いに行くのではないか？　もし、そうなら、いいなと、思っていたのですが、それがこんなことになってしまって――」

そういってから、加賀美医師は、絶句した。

「末期のガンといわれましたね？」

「ええ、そうです」

「余命は、どのくらいだったんですか？」

「専門医の診断では、余命六ヵ月と、いわれていました。それならば、その間、好きにさせておいたほうがいいだろうと、私たちは、考えていたのです」

と、加賀美が、いった。

余命六ヵ月、そんな男を、いったい、誰が殺したのだろうか？

「青木英太郎さん、六十六歳とおっしゃいましたが、間違いないのですか？　どこの生まれということも、分かっているんですか？」

十津川が、きくと、佐々木館長は、当惑した顔になって、

「確か、去年の暮れでした。十二月の二十五日だったと思うのですが、青木さんは、路上に、倒れていたところを発見されて、救急車で病院に運ばれたのです。今もいったように、末期の肝臓ガンで、治療の施しようがない。その上、身許も、分からないというので、うちの『希望の館』に、来てもらったのですが、その時、名前や年齢を、本人に確認しました。正直なところ、本当かどうかは、分かりません。自分のことは、あまりしゃべりたがらない人が、多いものですからね。青木英太郎、六十六歳、東北の生まれというのは、本人がいったもので、それが本当かどうかも、分かりません」

死体が、司法解剖のために、運ばれていった後、十津川は、佐々木に向かって、

「いろいろと、お話をお伺いしたいので、そちらに、お邪魔してもかまいませんか？」

「ええ、かまいません。どうぞ、いらっしゃってください」

佐々木館長が、いう。

十津川は、南千住の「希望の館」に、行くことにした。

2

十津川と亀井が、狭い館長室で、佐々木と話していると、突然、若い看護師が、入ってきて、

「三浦さんが、今、亡くなりました」

と、館長に、いった。

「そうか、亡くなりましたか」

「ええ。でも、安らかな死に顔でした。私の手を取って、ありがとうといってくれました」

「それは、よかった。すぐN寺の住職に、連絡してください」

「ここに、収容されている患者さんが、亡くなったのですか？」

と、館長が、いった。

十津川が、きくと、佐々木は、

「ええ、そうです」

「頻繁に、亡くなるんですか？」

「ええ、ここは、普通の病院とは、違いますから、一週間に、一人ぐらいの割合で、亡くなっていきます。私たちにできることは、患者さんを、助けることではなくて、安らかに、死なせてあげることなんですよ。幸い、今、亡くなった老人も、安らかな笑顔で、亡くなったそうですから、それだけでもよかったと、思っています。ここに来る時は、たいてい、人生に絶望し、すぐに腹を立て、喧嘩ばかりしている人たちが、多いですからね」

「隅田公園で死んだ青木さんも、そんな人だったんですか？」

「ここに収容された時は、ほかの患者と同じでしたね。性格がひねくれていて、人のいうことはまったく聞かないし、わがままで、何をきいても、まともに答えない。そして、すぐに喧嘩をする。肝臓をやられているのだから、酒がいちばんいけないのに、隠れて、飲んだりもしていましたよ」

と、佐々木が、いった。

「ここで、青木さんと仲の良かった患者さんは、いましたか？」

「確か、森本さんと、仲が良かったんじゃないですかね？　同じ六十代でしたし」

「その森本さんに、会わせてもらえますか？」

「残念ですが、森本さんも、五月六日に、亡くなっています。肺ガンでした」

佐々木は、そういってから、

「その森本さんのことを、よく知っている職員がいますから、彼を呼びましょう」

柴田圭太を、呼んでくれた。

佐々木は、その柴田に、あらためて十津川と亀井を紹介してから、

「こちらの柴田君は、今いった、五月六日に亡くなった、森本久司さんの遺品を届けに、森本さんの故郷と思われる滋賀県に、行ったのですが、とうとう、家族を見つけられずに、帰ってきたのです。そういうことも、この『希望の館』の仕事ですから」

柴田圭太は、平凡な、どこにでもいるような、青年だ。

十津川は、その柴田に向かって、

「隅田公園で殺された青木さんは、森本久司という人と、仲が良かったそうですね？」

「ええ、そうなんです。気が合わなくて、年柄年中、喧嘩をしている人もいますが、なぜか、青木さんは、森本さんと、気が合っていたようです」

「どうして、青木さんと、森本さんとは、気が合ったんでしょうかね？　どちらかに、おききになったことは、ありませんか？」

「一度、森本さんに、きいたことがありましたよ。ずいぶん仲がいいですねといったら、森本さん、笑っていましたよ。そして、こんなことをいったんです。俺には、娘が一人いる。家内には、会いたくないが、娘には、会いたいと思っている。青木も、俺と同じで、やはり娘が一人、いるそうなんだ。だから、娘の話を、二人でしている時が、いちばん楽しいんだ。そういっていました」

「森本さんの遺品を、その娘さんに届けようとして、滋賀県に、行ってらっしゃったんですね？」

「ええ、そうです。でも、娘さんは、とうとう、見つかりませんでした」

「青木さんも、娘さんに、会いたかったのかもしれませんね」

「そうでしょうね。本人に直接きいたのではなくて、森本さんにきいたのですが、青木さんは、何か、夢のようなことを考えていて、大金を、手に入れたら、その娘さんに、全部渡したい。それができたら、俺は死んでも満足だ。そんなことを、森本さんに、いっていたようです」

「大金をですか？」

「そうですね。たいてい、そんな、夢のようなことを考えるんですよ。そんな時だけが幸せだと、いう人もいますから」

「青木英太郎さんのことですが、何か、こちらで、分かっていることは、ありませんかね？」

十津川が、きくと、柴田は、

「本当か嘘か、分からないような、曖昧な話でもいいですか？」

「どういうことですか？」

「ここに、収容されている人たちは、末期ガンや、ＨＩＶの患者さんといったような人たちばかりで、面倒を見てくれる病院もなければ、家庭もない。身寄りもない。そんな人たちばかりなんですよ。ですから、自暴自棄になっていますが、その一方で、信じられないような、大嘘をついたりするんです。昔は大金持ちで、軽井沢《かるいざわ》にバカでかい別荘を持っていたなどという、見え透いた嘘を、いうんです。軽井沢のことをきいても、何も分からないんですからね。だから、青木さんのいうことも、本当かどうかは、分からないんです」

「どんなことを、いっていたんですか？」

「青木さんは、こんなことを、いっていましたね。俺は、若い頃、警察にいた。鬼刑事といわれたもんだ。そんなことを、いっていましたけどね、本当かどうかは、分かりません」

「鬼刑事ですか？」

「ええ。でも、やっぱり、嘘じゃないかな。喧嘩した時に、いったんですから。たぶん、相手を、脅そうと、思ったんじゃありませんか」

「青木さんは、東北の生まれだそうですね？」

「ええ。それも、自分でいっていただけですから」

「東北のどこか、分かりませんか？」

「ちょっと、分かりませんね」

「青木さんというのは、あなたから見て、どんな人でしたか？」

「喧嘩っ早くて、困りましたね。森本さんとは、気が合うので、いつも仲が良かったですけど、ほかの人とは、しょっちゅう、喧嘩ばかりしていました」

「青木さんの部屋を、見せてもらえませんか？」

十津川が、いうと、

「どうぞ」

　と、柴田が、案内してくれた。

　そこは、二人部屋だった。

「ここでは、原則として、男は二人部屋か三人部屋ということにしています。青木さんは、今いった、森本さんと二人で、この部屋を使っていたのですが、森本さんが亡くなったので、その後は、一人で、この部屋を使っていました」

「ちょっと調べてもいいですか？」

　十津川と亀井は、狭い部屋を、調べてみた。

　小さな押し入れには、下着や布団などが、入っている。しかし、それだけだった。

「青木さんのものは、何もありませんね？」

「ええ。ここに、収容された人は、たいてい、何も持っていないんですよ」

「森本という人は、遺品があったから、それを、娘さんに届けようと、思ったんでしょう？」

「それはそうですが、遺品といっても、こんなものですよ」

　柴田は、風呂敷包みから、小さなボール箱を取り出して、二人の刑事に見せた。

「ここに入っているのは、娘さんと一緒に撮った古い写真と、印鑑、それから、古びた色紙です」

「確か、青木さんも、森本さんと同じように娘が一人いたので、気が合った。柴田さんは、そういいましたね？」

「それは、森本さんが、いっていたんです」

「そうすると、青木さんも、娘さんの写真を、持っていたんじゃないですかね？」

十津川が、きいた。

「私は、見たことがないのですが、念のために、ほかの人たちに、きいてみます」

そういって、柴田は、部屋を出ていったが、しばらくして、戻ってくると、

「一人、その写真を、見たという人がいましたよ。十五、六歳の女子高校生が写っている写真だそうです。それを、百円ショップで買ってきた定期入れに入れて、青木さん、自慢そうに持ち歩いていたそうです」

と、柴田が、いった。

隅田公園で殺された、青木英太郎の遺体の付近には、それらしき写真は、見当たらなかった。

とすると、殺した犯人が、持ち去ったのだろうか？

十津川と亀井は、念のため、もう一度、狭い部屋を、徹底的に調べてみたが、その

写真は、見つからなかった。

「もうひとつ、おききしたいのですが、青木さんは、ポケットに、財布が入っていて、三千二百円あったんですよ。ここでは、入っている人たちに、小遣いを、あげているのですか？」

「ええ、一日あたり五百円の計算で、渡しています。財源は寄附です」

「外出も、自由なんですね？」

「ええ、そうです。自分で歩ける人は、外出自由です」

「しかし、外に出て、そのお金を使って、自動販売機で、煙草や酒を買ったりしては、困るんじゃありませんか？」

十津川が、きくと、柴田は、なぜか微笑して、

「ここは、普通の病院ではないんです。なにしろ、住む所がなく、死を覚悟した人が、安らかな最期を迎えるために入ってくるんですよ。ですから、ここのことを、ホームレスのためのホスピスなんていう人もいますけどね。ですから、ここには、お医者さんもいますが、治療をするという考え方は、ないんです。したがって、何日か、何ヵ月か後に、死を迎える人たちですから、体に、差し障りがない限り、酒を飲みたければ、飲んでもいいし、煙草も喫《す》っていい。それで、安らかな死が迎えられれば、いちばん、

幸せだという考え方なんです。私も、ここに来た当初は、その考え方に、抵抗があって、戸惑いましたが、収容されている人と接していると、その考え方が、いちばんいいかなと、思うようになりました」

と、いった。

十津川は、目の前に置かれた、ボール箱に、もう一度、目をやった。

千代紙を、貼りつけてある、少しばかり汚れているが、可愛い箱である。

中に入っているのは、五月六日に死んだ森本久司という六十一歳の男が、若い頃に娘と撮った写真、印鑑、それに、なぜだか分からないが、妙な文章が書かれている、一枚の色紙である。

「さっき、これを、娘さんのところに届けに行ったと、そういわれましたね？」

十津川は、柴田に、きいた。

「ええ、そうなんです。その写真に写っている娘さんは、生きていれば、今、二十七歳ぐらいに、なっているはずなので、なんとか見つけ出して、お父さんの遺品だといって、渡してやろうと思ったのですが、とうとう、見つかりませんでした。三日間の出張願を出して、滋賀県に行き、探してみたのですが、駄目でした」

「こちらで亡くなった方の、遺品があっても、渡すべき相手が見つからないことが、多いのですか？」

　亀井が、きいた。

「そうですね。ここに来るような人は、ほとんどの場合、家族とも、絶縁していますから、亡くなったからといって、急に、家族を探しても、まず、見つかりませんね」

「しかし、滋賀県に、いらっしゃったのでしょう？　この森本さんという人の、生まれた場所を、柴田さんは、ご存じだったわけでしょう？」

「いや、分かっていたとは、いえないのです。おそらく、滋賀県の生まれだろうと、推測して、滋賀県に、行ってみただけなのです」

「どうして、生まれが、滋賀県だと、推測したんですか？」

「そこに、色紙があるでしょう？　書いてある文章は、近江商人の、商売に対する心得のようなものなんですよ。それを、大事に持っていたということは、おそらく、近江商人の家に、生まれたのではないかと考えて、滋賀県の、近江八幡や五個荘に、行ってみたのです。その辺りが、近江商人の発祥の地ですから。向こうの市役所や警察などにも、協力をしてもらったのですが、森本さんの家族や娘さんは、見つかりませんでした」

「この写真の娘さんは、七五三の時の写真みたいですね？」

いると、思ったのです」
「ええ、七歳だから、今は二十年くらい経っていますから、二十七歳ぐらいになって
「この娘さん、どうなんですかね？　あなたに会って、亡くなったお父さんのこと
を、いろいろと、聞きたかったんじゃないですかね？」
十津川が、いうと、柴田は、
「そうだと、嬉しいのですが、違うかもしれません。もし、結婚していれば、孤独に
死んだ父親のことなんか、知りたくないと、いうかもしれませんからね」
「少し、悪いほうに、考えすぎているんじゃありませんか？」
と、亀井が、いった。
「ええ、そうなんです。僕も、本当は、もっといいほうに、考えたいんですよ。ここ
に来た当初は、いいほうにばかり、考えていました。しかし、現実って、そんなふう
にはいかないでしょう？　一生懸命歩き回って、家族を見つけたら、どうして、自分
たちのことを探したのかと、怒られたこともあるそうです。話を聞いたら、父親に
は、前科があって、そのせいで、子供たちは、ずいぶんと、苦労をした。そんな父親
のことが公《おおやけ》になったら、何をいわれるか、分からない。だから、怖がっているんで
すよ。森本さんの場合が、そうだとは限りませんがね」

と、柴田が、いった。

3

十津川と亀井は、帰り際に、もう一度、佐々木館長と加賀美医師に会った。

昨夜、夕食の時の、青木英太郎の様子や、外出した時の様子を、聞くためだった。

「夕食の時の青木さんの様子ですか？」

と、加賀美医師が、おうむ返しに、いってから、

「仲のいい森本さんが、亡くなってから、青木さんは、元気がなかったんですが、昨日は、なぜか、元気でしたよ。珍しく、食欲もあるようでしたし」

「その後、外出したのですね？」

「ええ、そうです。外出したいというので、許可しました。あまり、遅くならないうちに帰ってきなさいとは、いいましたけどね」

「青木さんは、どこに、行くといっていたのですか？」

「それは、いっていませんでした。こちらも、なるべく、個人の行動に関しては、詮索しないようにしていましたから。ただ、ニコニコしているので、まさか、可愛い女

の人に、会いに行くんじゃないでしょうねと、冗談でいったら、青木さん、ああ、そうだよ、といいましたが」

「だから、先生は、誰かに、会いに行くのではないかと、思われたのですね?」

「ええ、そう思いました。ひょっとすると、娘さんに、会いに行くのではないかとも思ったのですが、どうも、それは、違っていたようですね」

「これは、柴田さんに、聞いたのですが、青木さんは、何か、大きいことをいっていた。娘さんのために、大金を儲けて、それを娘さんに渡したら、自分は、死んでもいいと、森本さんに、いっていたらしいのですが、先生にも、そんなことを、いっていましたか?」

十津川が、いうと、加賀美は、笑って、

「ええ、そうですね。私にも、いっていましたね」

「青木さんに、外から電話がかかってきたことは、ありませんか?」

と、亀井が、きいた。

「いや、それは、なかったですね。手紙が来たことも、ありません。ここに、収容されている人たちは、家族との交流もなくて、世捨て人のような人たちばかりですから、電話がかかってくるようなことは、まず、ないんですよ」

加賀美が、いった。

「青木さんは、昨日、外出した。その前にも、よく、外出していたのですか？」

「そうですね。今になって考えてみると、仲のいい、森本さんが亡くなった後、毎晩、夕食の後、どこかに、外出していましたね」

「森本さんが、亡くなったのは、確か、五月六日でしたね？」

「ええ、そうです」

「そうすると、五月七日から、毎日、夕食の後、外出していた？」

「そういうことになりますね。まだ森本さんが、元気だった頃、青木さんは夕食の後、森本さんと、しゃべっていたんですが、その相手の森本さんがいなくなってしまったものだから、寂しくて、外出していたのかもしれません。青木さんは、パチンコが好きだったから、もしかすると、パチンコでも、やっていたのかもしれません」

「パチンコですか？」

「ええ、青木さんは、パチンコが、好きだったんですよ」

「パチンコって、体に、悪いんじゃありませんか？」

十津川が、いうと、加賀美は、

「確かに、よくはないでしょうけどね、肝硬変がガンになって、何回もいいますが、余命六ヵ月と、いわれていましたから、気分のいい時は、酒を飲んでもいいし、好きなパチンコをやってもいい。青木さんには、そういっていました」

「そのパチンコですが、いつも、どの辺で、やっていたのですか？」

「この『希望の館』のそばで、やっていたみたいですよ。あまり離れたところでやっていて、もし、倒れたら、困りますから」

と、加賀美が、いった。

「青木さんが、殺されていたのは、隅田公園ですから、『希望の館』とは、少し離れていますね？」

「そういえば、そうですね。どうして、青木さんは、隅田公園に、行ったんでしょう？」

と、いった後で、加賀美は、

「分かりませんね。青木さんは、今もいったように、余命六ヵ月と、いわれていたんですよ。家族の消息も不明だし、友達と呼べるような人も、いなかった。もちろん、財産なんてものも、まったく、ありませんでした。そんな青木さんを、誰が、何のために、殺したりしたんですかね？」

「それを、われわれも、知りたいと思っているんです」

十津川が、いった。

4

捜査本部が、設けられた。

司法解剖の結果が、報告されてくる。

被害者、青木英太郎は、鈍器のようなもので、頭部をめった打ちにされ、前頭部が陥没していた。出血もひどく、ほぼ、即死状態だったと思われる。死亡推定時刻は、五月十一日の夜八時から九時までの間だった。

体が弱っていたことも、併せて、報告されていた。肝硬変がガンになり、肝臓が硬くなり、白く変色してしまって、治癒の見込みもなし。そう、報告されていた。

もうひとつ、胃の中からは、日本酒が、検出されたとあった。

自分で飲んだのか、それとも、犯人に勧められたのかは、分からないが、十一日の夜、被害者、青木は、どこかで、日本酒を飲んでいるのだ。

凶器は、発見されていないが、死体があった現場の土や雑草には、青木の血痕が、付着していたから、殺害現場は、隅田公園内のこの場所と見て、まず、間違いないだろう。

十二日の夜、司法解剖の結果を受けて、捜査会議が行われた。

十津川が、三上《みかみ》本部長に、事件の概要を、説明した。

「被害者は、青木英太郎、六十六歳。五十代の頃は、工事現場で働いていましたが、その後、仕事もなくなり、その上、長年の不摂生が祟って、肝硬変を患い、ガンになり、ある時、路上で倒れて、救急車で病院に運ばれました。青木を、診察した医者は、すでに治る見込みはなく、余命は、六ヵ月と診断しました。青木は孤独で、治癒の見込みもない。そのため、南千住にある『希望の館』に運ばれ、収容されました。この『希望の館』は、いわゆる、ホームレスのホスピスといわれ、家族のない、末期ガンなどに冒《おか》された病人が、収容されている施設です。今も申し上げましたように、収容された人たちは、その『希望の館』で、最期を看取られて、亡くなりますが、その時、安らかに、死ねるように、館長も医者も看護師も、患者に、尽くしているといっています。五月十一日、夕食の後、被害者、青木英太郎は、外出許可を得て、『希望の館』を出ていきました。加賀美という医師が、外出の許可を、出したのですが、その時の青木の様子は、嬉しそうだったといっています。それで、加賀美医師は、娘と会うのか、好きなパチンコでもやって帰ってくるのではないかと、思っていたそうですが、翌朝、隅田公園で、死体となって発見されたわけです。司法解剖の結果によると、死亡推定時刻は、五月十一日の、夜八時から九時の間で、鈍器で頭部の前面を数ヵ所、陥没するほど殴られ、それが、直接の死因になっています。被害者の胃の中からは、アルコールが検出されましたから、五月十一日の夜、夕食を済まして外出、その後、どこかで、酒を飲んだものと思われます。ポケットの中に入っていた財布には、三千二百円の現金が入っていました。『希望の館』の説明によると、一日五百円の小遣いを渡していたから、それを貯めていたのだろうといっています。三千二百円は、わずかな金額ですが、犯人は、盗んでは行きませんでした。『希望の館』の話では、被害者、青木英太郎は、高校生時代と思われる娘の写真を、百円均一の店で買ってきた定期入れに入れて、大切に持っていたそうで、それが、なくなっていましたから、犯人は、理由は、分かりませんが、その写真を、奪っていったものと思われます。これが、今までに分かった、事件の経過で、凶器も、見つかっていませんし、犯人像も、まだつかめておりません」

「被害者は、誰かに呼び出されて、隅田公園に、行ったと思われるが、その可能性はあるのか？」

三上が、きいた。

「『希望の館』の話では、外から青木に、電話が、かかってきたことはありません。ただ、五月七日頃から、夕食の後、毎日のように、外出していたそうですから、その時に、あるいは、被害者は、犯人と、会っていたのかもしれません」

「被害者の青木英太郎だが、娘がいること以外には、何も分からないのかね？」

「ええ、今のところ、分かっておりません。青木英太郎という名前も、本名かどうか、分からないのです。東北の生まれではないかという話もありますが、これも定かではありません。『希望の館』に来てからも、自分のことは、ほとんど、いわなかったそうですから」

「被害者は、肝臓のガンを患っていたんだね？」

「ええ、そうです。それも、治る見込みがなくて、医者は、長くても、あと六ヵ月の命と、いっていたそうです」

「しかし、分からんね」

と、三上が、いった。

「何が、ですか？」

「だって、そうだろう？　余命六ヵ月、家族はいない、財産もない。そんな男を、誰が、どうして、殺したのかね？」

「同感です。それが分かれば、この事件は、簡単に解決すると、考えているのですが」

「盗まれたのは、娘の写真だけか？」

「それも、はっきりとは、分かっていません。被害者は、いつも大事に、高校時代と思われる娘の写真を、持っていたそうですから、それがなくなっているので、盗まれたと思うのですが、犯人が、その写真を盗むために、被害者を殺したとは、どうしても、考えにくいのです」

「どうしてかね？」

「被害者は小柄で、すでに、六十六歳。その上、肝臓のガンを、患っています。殴りつけて、気絶させておいて、写真を奪えばいいわけで、なにも殺す必要はないと、思うからです」

「被害者、青木英太郎の娘、あるいは、その関係者が犯人だということは、考えられないかね？」

「まさか、娘が、父親を殺すとは思えませんが、可能性が、まったくゼロだとは、いえないでしょうね」

「娘にとって、父親は、恥ずかしい存在だったんじゃないのかね？　娘は、その父親と、ずっと関係がなかったが、最近になって、急に、父親から電話が、かかってきた。夕食の後、毎日、外出していたそうだから、外出先から、いくらでも、電話できるわけだろう？　会いたいとか、一緒に暮らしたいといわれたので、娘は困ってしまった。そこで、娘が、直接手を下したとは、思えないが、娘の夫とか、あるいは、恋人とか、知り合いが、青木を、呼び出して、二度と電話をしてくるなと、いった。ところが、青木がいうことを聞かないので、カッとなって、殺してしまい、証拠があっては、困るというので、娘の若い頃の写真を奪って逃げた。そういうことだって、考えられるんじゃないのかね？」

「確かに、考えられないことも、ありませんが、その可能性は、かなり低いんじゃありませんか」

捜査会議の後で、亀井が、十津川に、いった。

「本部長の話を、警部は、どう受け取られましたか？」

「被害者の娘か、あるいは、その関係者が、青木を、殺したんじゃないかという話か？」

「ええ、そうです。私は、可能性は、ゼロではないと、思います。親子関係なんて、昔ほど、温かいもんじゃありませんからね。娘が親を殺すし、親が娘を殺す。今は、そんな時代ですから、『希望の館』にいる父親の存在が、恥ずかしくて、殺してしまったという可能性も、無視できないんじゃありませんか？」

「しかしね、私は、そんなふうには、考えたくないんだ」

「どうしてですか？」

「あの『希望の館』で、柴田という若者に会ったり、館長に会ったり、加賀美という医者に会って、いろいろと話を聞いたからね。親子関係というのは、もっと、温かいものだと考えたいんだ。少し甘いかもしれないがね」

「しかし、被害者が持っていた娘の写真がなくなっているのは、間違いありませんから、まったく、関係のない人間が、奪い取っていくとは考えられません。どうしても、写真の主《ぬし》か、あるいは、写真の主を、知っている人間ということに、なってくるのではありませんか？」

「まあ、それは、そうだな」

「娘か、娘の関係者を、除外してしまうと、それこそ、余命いくばくもない、所持金三千二百円だけの、そんな男を、誰が殺すでしょうか？　動機が、分からなくなりますよ」

「私に、ひとつだけ、考えていることがある」

「どんなことですか？」

「カメさんも、私と一緒に、聞いていたはずだよ。『希望の館』の柴田という若者が、いっていたじゃないか？　被害者の青木が、『希望の館』で、仲良くしていたのは、森本久司という六十一歳の男だけで、その男は、五月六日に死んだと」

「ええ、その話は、私も、聞いていましたし、覚えていますが、森本という男は、今回の事件と、関係がないと思いますよ。なにしろ、青木が殺される五日も前に、死んでいるのですから」

「確かに、そうなんだが、私が引っかかるのは、その仲の良かった森本が亡くなった、五月六日の翌日以降に、青木英太郎は、夕食の後、毎晩外出するようになったといっていたことだ。そして、五月十一日に、同じように、夕食後に外出して、誰かに殺されてしまったんだ」

「その話も聞きましたが、しかし、死人は、人を殺せませんよ」

「当たり前じゃないか。私が、いっているのは、何か、引っかかるということなんだ。被害者、青木英太郎は、なぜ、夕食の後、急に外出するようになったのか？」

「加賀美という医師は、娘に会いに行ったのか、好きなパチンコでもやりに行ったんじゃないかと、いっていましたが」

「しかし、少なくとも、五月十一日の夜は、パチンコなんかをしに、行ったんじゃないんだ。犯人に、会いに行ったんだよ。ほかの日、五月七日、八日、九日、十日、この四日間も、パチンコに行っていたんじゃないだろう」

「犯人に会いに行ったと、警部はお考えですか？」

「犯人に会いに行ったか、あるいは、電話をかけに行ったか、そのどちらかだろうと、思っている」

「しかし、五月七、八、九、十日と、青木が外出して、電話をかけた相手は、ひょっとすると、青木の、ずっと会わないでいた娘かもしれませんよ。そうすると、三上本部長が、いったようなことになってしまいますが」

「しかしね、何回も繰り返すが、五月七日、八日、九日、十日、そして、十一日の五日間、被害者は、夕食の後で、外出している。もし、五日間毎日、娘に、連絡していたものとしよう。毎日、電話をしたということは、毎日、娘が、電話に出たということじゃないか？　もし、殺すほど、父親が、疎《うと》ましかったのなら、そんなに、電話に出なかったんじゃないのかね？」

「確かに、理屈としては、そうなりますが」

「青木は、五月七日から十一日まで、夕食の後、外出して誰かに会っていたか、もしくは、外で、誰かに、電話をしていたと思っている。しかし、その相手は、娘ではない。娘と、五日間も続けて、連絡が取れているのなら、娘は、父親を殺すほど、憎んではいなかったということに、なってくるからだ」

「相手が、娘ではないとすると、ほかには、どんな人間が、考えられますか？」

「それが分からなくて、困っているんだ」

十津川は、自分に、腹を立てていた。

5

柴田は、佐々木館長の前に、持ち帰った森本久司の遺品を、置いて、

「これ、どうしたらいいでしょうか？」

「とうとう、娘さんには、会えなかったんですね？」

「残念ながら、会えませんでした」

「手がかりは、まったく、なかったんですか？」

佐々木が、きいた。

「三日間の出張を、いただいたので、近江商人の発祥地といわれている近江八幡や、

五個荘の町に行って役所や警察を訪ね、事情を説明して、協力をお願いしてみたのです。皆さん、快く了解してくださいましたが、いくら待っても、森本さんの家族からは、何の連絡も、ありませんでした」

「私も君も、森本さんは、滋賀県で生まれ育ったものと、考えていたが、それが、違っていたんだろうか？」

「分かりませんが、私は、なんとなく、森本さんの故郷は、あの近江八幡か、五個荘の、どちらかではないかと思いました。どちらも静かな町ですし、伝統のある町だから、森本さんは、こういうところで生まれたんだろうと、考えたんです」

「そうか、そんなに、いい町でしたか？」

「ええ、いい町でした。町の水路には、何匹ものコイが、放流されていて、歴史のある町って、こういう町のことを、いうんだろうと思いました。森本さんという人は、ああいう町に、生まれたのではないか？　なぜだか、分かりませんが、そう思いました」

「しかし、三日間頑張っても、何の収穫もなかったんでしょう？」

「ええ、そうです。警察や市役所なんかにも、ずいぶん協力していただいたのですが、駄目でした」

「そうか。それで、お礼状は、書きましたか？」

「ええ、こちらに戻ってすぐ、書きました」

「それで、今、君は、どんな気持ちですか？」

「できれば、もう一度、この森本さんの遺品を持って、近江八幡や五個荘を訪ねてみたいと、思っています」

と、柴田が、いった。

「それは、どうしてですか？」

「今もいいましたように、あの町こそ、森本さんに相応《ふさわ》しいような気がしているからです。それに、向こうにいる時、少し変なこともありました」

「変なことって？」

「実は、彦根の旅館に泊まっていた時なのですが、携帯に電話があったのです。男の声で、『さっさと帰れ。帰らないと、びわ湖環状線の真ん中で死ぬことになる』と、電話で、脅されたんです」

「それを、地元の警察には、いいましたか？」

「いいえ、いっていません。たんなるイタズラかもしれませんし、からかわれているだけかもしれませんから。現実に、私は、何の被害も、受けていませんし」

「どうして、君がもっている電話番号が、分かったんでしょう？」

「警察や、市役所の人には、今晩、どこに泊まるのかを、いっていましたし、もし、何か、手がかりがあったら、すぐ、携帯に連絡をしてください。そう、いっていましたから。私が、どこに泊まっているのか、そして、私の名前を、相手が知っていても、おかしくないのです」

「しかし、どんな人間が、君に、電話をしてきたと思います？」

「たぶん、からかっているんだろうと、私は思いました」

と、柴田が、いった。

その時、佐々木館長の机の上の電話が、鳴った。

佐々木が、電話を取る。

「その人間なら、今、ここにおりますので、代わりましょうか？」

と、佐々木は、いい、受話器を、柴田に渡した。

「君に、用だそうですよ。向こうさんは、なんでも、亡くなった森本さんのことで、話があるんだそうです」

「柴田ですが」

と、いうと、相手は、男の声で、

「先日、近江八幡の市役所に、見えた方ですか？」

と、きく。

「そうです」

「確か、『希望の館』というところにお勤めで、そこで、森本久司という人が死んで、その遺品を、家族に渡したいと、いっておられましたね？」

「ええ、そのとおりです」

「実は、私、今は、名前をいえませんが、昔、森本久司さんと、親しくしていた者なんですよ」

「本当ですか？」

「ええ、本当です。娘さんのことも、よく知っています」

と、相手が、いう。

「それなら、どうして、私が、そちらにいる時に、連絡してくれなかったんですか？」

「連絡しようと思ったのですが、その時はもう、あなたは、近江八幡には、いらっしゃらなくて」

「森本さんの娘さんは、今、どうしていますか？」

「立派に、成人されていますよ。今、確か、二十七歳ですかね」

「それなら、ぜひ、娘さんに、連絡してもらえませんか？　亡くなったお父さんの遺品を、お渡ししたいのです」

「分かりましたが、その遺品を持って、もう一度、こちらに、来ていただくわけにはいきませんかね？　そうしたら、ぜひ、お会いして、その遺品を、娘さんに、渡したいのですが」

「ちょっと、待ってください」

柴田は、送話口を手で押さえて、佐々木館長に、

「森本さんの娘さんのことを、知っているという男からの電話です。近江八幡の人らしくて、森本さんの家族を、探していたことを、知っているのです。どうしたらいいでしょうか？」

「その人は、君に、近江八幡のほうに、もう一度来てほしいと、いっているんですか？」

「そういっています。来てくれれば、娘さんに会わせ、遺品を、渡したい。そういっているんです」

「それなら、もう一度、近江八幡に、行ってらっしゃい」

佐々木館長が、笑顔で、いった。

柴田は、もう一度、男に向かって、

「館長の許可が出たので、そちらに、行きます。あなたの携帯の番号と、名前を、教えていただけませんか？　そちらに、着いたら、すぐ連絡しますから」

「それが、ちょっと、まずいんですよ」

「どうしてですか？」

「実は、森本さんの家で、いまさら、遺品をもらったって仕方がない。そんな人のところに、連絡をするなという者もいまして、こうして、そちらに、連絡をしていることが分かったら、怒られてしまうんですよ。どうでしょう、あなたの携帯の番号を、教えていただければ、明日、あなたが、こちらに着いた頃、私のほうから、電話をしますが」

柴田は、一瞬、考えたが、

「分かりました」

と、いい、自分の使っている携帯の番号を、相手に教えて、電話を切った。

翌日、柴田は、森本久司の遺品を持って、東京駅から、新幹線に乗って、再度、滋賀県に向かった。

　これで、やっと、森本久司の遺品を、家族に渡すことができる。こんなことは、めったになかった。

「希望の館」で亡くなった老人の家族のことが、分かっても、その家族のほとんどは、連絡してこようとは、しなかったのだ。遺品が欲しいという人も、いなかった。それだけ、「希望の館」で死んだ老人たちは、家族に迷惑をかけてきたのだろう。

　今になって、また迷惑をかけられるのが、嫌なのかもしれない。

　そんな冷静なことを、考えながらも、柴田は、やはりどこかで、腹を立てていた。だから今回、森本久司の遺品が、欲しいという電話があって、ほっとしているのである。できれば、あの写真の娘さんに、直接、渡したいと思う。

　名古屋を過ぎた辺りで、柴田の携帯が、鳴った。

　昨日、電話をしてきた相手だろうと思って、デッキに出て、

「もしもし」

「私です。警視庁捜査一課の十津川です」

　と、相手が、いった。

「昨日は、どうも」

と、柴田は、いってから、

「何か、ご用でしょうか？」

「実は、もう一度、柴田さんに、お会いして、そちらにいた時の、青木さんの様子や、青木さんと、仲の良かった森本久司さんのことを、お聞きしたいと思いましてね。どうでしょう、これから、会えませんか？」

「それが、今、新幹線の中なんですよ」

「新幹線というと、どちらに？」

「昨日、警部さんにお話しした、森本久司さんの遺品の件で、これから、近江八幡に、行くところなんです」

「では、森本さんのご遺族の方から、連絡があったのですか？」

「そうなんですよ。昨日、電話がありましてね。娘さんを、知っているので、遺品を、渡したいという人が出てきたので、これから、会いに行くんです。本当に、良かったですよ。遺品が、二十年ぶりに、娘さんに渡るんですから」

「それは、良かったですね」

と、十津川は、いった後、

「危険なことは、ありませんか？」

と、いった。

「危険なことって、何ですか？　そんなこと、あるわけないじゃないですか？」

「しかし、前に、あなたが三日間、近江八幡や五個荘に行って、探している時は、森本久司さんの遺族は、何の連絡も、してこなかったんでしょう？」

「ええ、そうです。連絡は、何も、ありませんでした」

「それなのに、ここに来て、急に、連絡があったというのは、まあ、いいことですけど、少しばかり、おかしいんじゃないですかね？」

「別に、おかしいことなんてありませんよ。森本久司さんは、ああいう死に方をしていますからね。遺族も、そう簡単には、連絡しにくかったんだと思いますよ。だから、昨日、やっと連絡をして、遺品を受け取りたいという、そんな気持ちに、なったんじゃありませんか？」

「ああ、確かに、そうでしょうね。つまらないことをいって、申し訳ない。しかし、何か変だと思ったら、すぐに、私に、連絡をしてください」

十津川は、そういって、自分の携帯の番号を、教えた。

電話が、切れた。

柴田は、席に戻ったが、少しの間、妙な気分になっていた。

柴田は、亡くなった森本久司の遺品を、娘さんに、渡せると思って、喜びいっぱいで、新幹線に乗ったのである。

ところが、十津川警部は、何か、危ないといっている。刑事の目から見ると、この嬉しい話は、奇妙に、思えるのだろうか？

第三章　近江塩津《おうみしおつ》駅

1

また、柴田の携帯が、鳴った。

柴田は、慌てて、デッキに出てから、

「もしもし」

と、いった。

てっきり、また、十津川警部から、電話が入ったと思ったのだ。

しかし、

「柴田さんですか？」

と、きく男の声がして、それは、十津川警部ではなかった。

非通知の電話だったが、その男の声に、柴田は、聞き覚えがあった。昨日、柴田に電話をしてきて、亡くなった森本久司の娘を、知っているから、近江八幡まで、遺品を届けてくれないか？　その時、娘にも紹介するといった、男の声である。

「今、どの辺りですか？」

と、男が、きく。

「岐阜羽島《ぎふはしま》を、通過したところです」

「申し訳ありませんが、そのまま、京都まで、行ってくれませんか？」

「どうしたんですか？　何か、事情が変わったんですか？」

「実は、私は今、やむを得ない事情で、京都に来ているんです。それで、あなたに、京都に来ていただきたいのです」

「こちらからも連絡したいので、あなたの、名前と携帯の番号を、教えていただけませんか？」

と、柴田が、いった。

「名前は、河村《かわむら》です」

相手は、いってから、携帯の番号はいわずに、

「今、私は、京都の三条《さんじょう》にある京都ロイヤルホテルに、泊まっています。申し訳あり

ませんが、柴田さんは、京都駅で降りたら、まっすぐ、このホテルに来ていただけませんか？　ロビーにいてくだされば、私のほうから、声をかけます」

河村と名乗った男は、それだけいうと、さっさと、電話を切ってしまった。

柴田は、舌打ちをした。

河村という名前は、教えてもらったが、向こうの携帯電話の番号は、教えてもらえなかったからだ。河村という男は、わざと、柴田に番号を、教えてくれなかったのだろうか？　それとも、何か、忙しくて、教える暇もなく、切ってしまったのだろうか？　それは分からなかったが、このままでは、こちらから、連絡を取ることができない。

(まあ、少しばかり面倒くさいことになったが、京都に行けば、京都ロイヤルホテルで、相手に会えるんだ)

柴田は、そう思い直すことにして、自分の席に戻った。

京都で降りると、タクシーに乗り、京都ロイヤルホテルに向かった。

京都ロイヤルホテルは、河原町《かわらまち》三条、いわば京都の中心部にあって、どこに行くにも便利なホテルである。柴田は、以前、一度だけ、泊まったことがあったが、今回来てみると、改装されて、きれいになっていた。

広いロビーのソファに腰を下ろしていると、五分ほどして、

「柴田さんですか？」

と、声をかけられた。

相手は、三十五、六歳の男で、少し痩せていて、背が高く、眼鏡をかけている。

「河村さんですね？」

と、柴田が、いった。

「そうです」

と、いいながら、相手は、柴田のそばに、腰を下ろした。

「本当に、申し訳ないと思っているんです。わざわざ、森本久司さんの遺品を、届けてくださるのに、こちらから、会う場所を、変更したりしまして」

男が、いった。

「そんなこと、かまいませんよ。それで、いつ、森本さんの娘さんに、会わせていただけるのですか？」

柴田が、きいた。

「実は、森本さんの娘さんですが、名前は、あかりさんです。そのあかりさんのお母さん、森本久司さんの奥さんは、最近になって、再婚したんですよ。その再婚相手の

男ですが、どうも、あかりさんに対して、何だかんだと、意地悪をするらしいのですよ。まあ、再婚話の時には、よくある話なんですが、あかりさんは、現在独身で、自宅にいても、どうにも、居たたまれない。それで、昨日、とうとう、家を出てしまいましてね」

「それで、あかりさんは、今、どこにいるんですか？」

「それが、突然、家を飛び出してしまって、今、どこにいるのか、分からないんですよ。あかりさんには、柴田さんのことを話してありますから、向こうから、私に、連絡してくることに、なっているんです」

と、河村が、いった。

あかりという女性からの連絡を、待つことにして、二人は、ロビーの隅にあるティールームで、コーヒーを、飲むことにした。

柴田は、お腹《なか》がすいていたので、コーヒーに、トーストを頼み、河村のほうは、コーヒーだけを飲んで、待っていた。

十二、三分した時、河村の携帯が、鳴った。

河村は、携帯を耳にあて、席を外し、

「河村ですが、あかりさん？　今、どこ？　ええ、ええ。えっ？　それは、いえないって、困ったな。こちらにもう、先日話した柴田さんが、見えているんですよ。ええ、ええ、お父さんの遺品を、持ってきてくださっているんですよ。それで、どこでなら、会えるのですか？　ええ、ええ。分かりましたけど、ちょっと面倒くさいな。もう一度、いってもらえませんか？　京都から、十三時四十五分発の新快速に乗るんですね？　そうすると、近江塩津に着くのは、十五時〇三分、ええ、ええ。そして、近江塩津に、着いたら降りて、ホームの反対側に、停《と》まっている列車に乗るんですね？　そこに、近江塩津発の新快速が停まっている。その列車の中で会いたいということですね。ええ、ええ。事情は、よく、分かりますよ。とにかく、柴田さんに話して、なるべく、そういうことにしましょう」

と、いって、河村は、電話を、切った。

河村が、席に戻ってくると、柴田は、

「今の電話、あかりさんからでしたか？」

と、きいた。

「ええ、そうなんですが、さっきもいったように、彼女、突然、家を出てしまいましたからね。現在、いわば、ホームレスのような状態に、なってしまって、適当な場所もないので、できれば、列車の中でお会いしたいと、いっているんです」

「かまいませんよ。僕としては、森本久司さんの遺品を、娘さんに、お渡しできればいいんですから。それで、どの列車の中で、会うんですか？」

「それなんですけどね。ちょっと、面倒くさいんですけど、聞いてください」

そういって、河村は、自分の手帳を取り出すと、まずそこに、琵琶湖の地図を、描いた。次には、琵琶湖の周りを走る線路を、書き加えた。

「ご覧のように、琵琶湖の東側と、西側に列車が走っています。この二つの線ですが、厳密にいえば、環状線ではありませんが、ぐるりと琵琶湖を取り囲んでいるような形になっているので、一般的には、びわ湖環状線と呼ばれています。そして、南のほうに、京都があります。この京都から敦賀《つるが》行きの新快速に乗ると、湖西線を通って、近江塩津に着きます。この先は、北陸の敦賀に向かうのですが、この近江塩津で降りると、近江塩津発の列車があります。その列車は、琵琶湖の東側を通って、京都方面に向かいます」

「なんとなく、分かりました。近江塩津で降りて、琵琶湖の東側を通る列車に乗れば、ぐるりと、琵琶湖の周囲を、一周したことになるのですね。それで、びわ湖環状線」

「ええ、そうなんですよ。でも、ひとつの列車が、ぐるっと、回るわけではないので、完全な環状線ではないんですがね。それで、あかりさんは、柴田さんに、京都から新快速に乗って、近江塩津で降りてほしい。降りると、ホームの反対側に、近江塩津発の列車が、待っているので、それに、乗ると、列車は近江八幡や彦根を通って、京都方面に、行きます。その列車の中で、柴田さんと、お会いして、お話ししたい。彼女は、そういっているのですが、どうします？　近江の人間は、通勤、通学によく使う列車なので、わかっているんですが、東京の方には、面倒かもしれませんね」

柴田は、ニッコリして、

「かまいませんよ。僕は、列車が好きだし、それに、三日間の出張で来ているので、時間もありますから、大丈夫です」

「そういってくださると、助かりますよ。あかりさんが、昨日、突然、家を出なければ、こんな面倒なことをしなくても、簡単に京都市内のホテル、たとえば、この京都ロイヤルホテルで、柴田さんに、お会いできたのにね。申し訳ないです」

河村が、しきりに、恐縮する。

「それで、何時の列車に乗ればいいんですか？」

と、柴田が、きいた。

「京都発十三時四十五分の、敦賀行き新快速が、いちばんいいと、あかりさんは、いっているんです」

「そうですか。今、何時かな？」

柴田は、自分の腕時計に、目をやった。

一時近くに、なっている。

「今からなら、間に合いますね」

「すぐタクシーを、呼びましょう」

と、河村が、いった。

タクシーは、すぐ来た。それに乗って、京都駅に向かう。今日は、ウィークデーだが、さすがに、京都は国際観光都市だけあって、道路は、混んでいた。

それでも、なんとか、時間に間に合って、予定していた十三時四十五分発、湖西線の敦賀行き新快速に、乗ることができた。

ジュラルミン製の、洒落《しやれ》たボディの列車である。

「これ、一応、新快速と、呼ばれているのですが、快速の料金は、取られません。それで、近江の人間は、よく利用するんですよ」

河村が、説明してくれる。

湖西線を通って、一時間二十分ほどで、近江塩津駅に到着した。

狭いホームである。その狭いホームの向こう側に、同じような電車が、停まっていた。それが、この近江塩津始発の、新快速で、琵琶湖の東側を通って、京都まで行く列車だった。

「時間がないので、早く、向こうの列車に乗ってください」

急《せ》かせるように、河村が、いった。

柴田は、ホームの反対側に停まっていた列車に、飛び乗った。

柴田たちが、京都から乗って来た、敦賀行きの新快速が、発車していく。その時になって、柴田は、河村の姿が、見えなくなっていることに、気がついた。

「河村さん！」

大声で呼んだが、返事がない。

ほかの車両に、乗ったのかと思って、柴田が、周囲を見回しているうちに、こちらの列車のドアが、閉まってしまった。

そして、三分遅れて、柴田の乗った新快速は、京都方面に、向かって、発車した。

2

柴田は、

（困ったな）

と、思いながらも、こうなったら、この列車に乗っているはずの森本あかりを、探すことにした。

といっても、柴田が、持っているのは、七歳の時の、あかりの写真である。現在は、二十七歳ぐらいになっているはずである。七歳の時から、大きく変わっていたら、探すのは難しい。

その上、向こうも、柴田の顔を知らないだろうから、なおさら、見つけるのは難しいだろう。

幸い、ウィークデーなのと、この列車が近江塩津始発なので、車内は、空いている。

柴田は、一両ずつ、探してみることにした。

列車の構造は、ボックス席と、普通の席がある。柴田は、二十代の女性を、探して歩いた。

最後尾の車両の、ボックス席に、二十代と思われる女性が、一人で、ぽつんと座っているのが、目に入った。

ほかに、若い女性の姿はない。

柴田は、その女性の前に、腰を下ろして、

「森本あかりさんじゃありませんか？」

と、声をかけた。

「僕は、あなたのお父さんの遺品を持ってきた、柴田といいます」

と、自己紹介したが、女は、下を向いたまま、返事をしない。

別人かと、思ったが、この車両に、ほかには、森本あかりと思われる女性の姿はない。

柴田は、もう一度、

「森本あかりさんじゃありませんか？」

と、少し声を大きくして、いい、肩の辺りを、そっと突っついた。

まさかとは思ったが、寝ているのかもしれないと、考えたからだった。

途端に、相手の体が、前のめりになって、ボックス席の床の上に、転がった。

床に倒れても、声を出さないし、動こうともしない。

みるみる、柴田の顔色が、変わった。

「希望の館」で働いている柴田は、これまで何人もの、老人の死を看取っている。だから、柴田には、床に転がった女が、すでに、死んでいることが、分かった。

ちょうど通りかかった若い車掌に、向かって、

「車掌さん、この人、死んでいるんだ！」

と、いった。

車掌のほうは、一瞬、絶句してから、

「あなたが、殺したんですか？」

見当違いな言葉を、口にする。

「バカなことをいうんじゃない。僕は、偶然、この列車に乗ったんだ。そうしたら、この人が死んでいた」

と、いったが、車掌は、

「じゃあ、この人は、あなたの、お知り合いですか？」

また、気に障《さわ》ることを、きく。

一瞬、柴田は、答えに迷った。

（もし、この女が、探している森本あかりさんなら、知り合いといったほうが、後で、困らないだろう）

そう思ったが、まだ、床に倒れて死んでいる女が、森本あかりかどうか、判断がつ

かずにいた。

柴田が、答えに困っている間に、列車は、次の、彦根駅に着いた。

若い車掌は、ドアが開くと同時に、ホームに飛び出して、

「誰か、一一〇番してくれませんか？　車内で、人が死んでいるんです！」

と、大声で、叫んだ。

3

若い車掌は、運転席にも声をかけて、列車を、彦根駅で停めてしまった。

その後、青い顔で、死体のそばに戻ってくると、動かずに、その場に残っていた柴田に向かって、

「警察が来ますからね。逃げないでくださいよ」

と、いった。

柴田は、苦笑して、

「僕が殺したわけじゃないから、逃げたりなんかしませんよ」

三人の警官が、ホームに停車している列車に、乗り込んできて、若い車掌から、事

情を聞き、次に、死体をホームに降ろして、そばにいた柴田には、

「あなたは、参考人だから、一緒に降りてください」

と、いった。

仕方なく、柴田は、ホームに降りた。

その後、三人の警官の一人が、列車に乗り込んで、出発していった。

4

死体は、彦根警察署に、運ばれ、柴田もパトカーに乗せられて、同じく、彦根警察署に連れて行かれた。

佐伯《さえき》という警部が、柴田に、きく。

「まず、あなたの名前と、住所を、教えてもらえませんかね？」

「名前は柴田圭太、東京の『希望の館』というホスピスで働いています」

柴田は、ポケットから、名刺を取り出して、相手に渡した。

「『希望の館』というのは、どういう施設なんですか？」

「現在、東京には、帰る家もなく、その上、末期ガンなどで、死を待つだけの老人

が、たくさんいます。そういう老人たちを収容して、安らかな死を、迎えさせてあげようという、つまり、そういう施設です。私は、そこの職員を、やっています」

「それが『希望の館』ね」

佐伯警部は、鼻を鳴らしてから、

「車掌の話では、あなたは、あの仏さんに、声をかけていたということだけど、知り合いですか？」

「もし、亡くなった人が、僕の探している人だったならば、僕の知り合いということになりますけど」

柴田が、答えると、佐伯は、急に、眉を寄せて、

「私を、バカにするのかね？」

「バカにするなんて、とんでもない。僕は、ある女性を探すために、東京から、やって来たのですが、なにしろ、手がかりは、彼女が七歳の時の写真しかないんですよ。前回は、こちらの署にもうかがいました。それで、あの女の人が、その探している人のように見えたので、声をかけたのです。そうしたら、突然、倒れてきて、床に転がったんです。びっくりしました」

「人探しに、東京から、来たのかね？」

「『希望の館』というのは、今申し上げたような施設なので、収容された老人が、次々に死んでいきます。その中の一人が、森本久司さんという老人なんですが、大事そうに、風呂敷包みを抱えていましてね」

説明している柴田の言葉を遮って、突然、佐伯警部が、

「おーい」

と、大声を上げて、

「仏さんの身許、まだ分からんか？」

と、怒鳴った。

若い刑事が、飛んできて、佐伯に、何かを小声で、いった。

佐伯は、柴田に向かって、

「亡くなっていたのは、森本あかりという名前だそうだ。持っていた運転免許証で、確認されたよ」

「ああ、やっぱり、森本あかりさんだったんですか」

と、柴田は、つぶやいた。

やっと、見つけたのに、死んでしまったという思いが、いやでも、柴田の気持ちを、暗くしていた。

「仏さんは、後ろから、背中を刺されて、死んでいた」

と、佐伯が、いう。

柴田は、女が床に倒れた時、彼女がもたれていた座席の、背もたれの部分に、大きな血痕があったのを、思い出していた。

「君が犯人なら、凶器を、どこに隠したか、いいたまえ」

佐伯が、柴田を睨《にら》む。

「僕が犯人だなんて、とんでもない。僕は、今もいったように、東京から、人を探しに来たんですよ。そして、探している女性だと思って、声をかけたら、突然、彼女が床に倒れ込んできて、彼女が死んでいることが、分かったんです。彼女の名前が、探していた森本あかりだと知ったのも、たった今ですよ。今、警部さんが、教えてくれたんですよ。それまでは、名前も、知らなかったんだから、殺すはずが、ないじゃありませんか？」

「車掌の話では、あの車両には、君以外に、怪しい人間は、一人も乗っていなかったそうだから、今のところ、君は、容疑者第一号だ」

佐伯が、勝手に、いった。

その後、あの列車に乗って行った警官から、電話が入った。その電話を受けてか

ら、佐伯警部は、柴田に向かって、

「凶器のナイフが、発見されたよ。君と被害者が座っていたボックス席の、座席の下に、押し込んであったそうだ」

「何度も申し上げますけど、僕は、犯人じゃありませんよ」

「しかし、容疑者第一号だ」

佐伯は、決めつけるように、また、いった。

「警部さんに、お願いがあるんですが」

「何だね？」

「さっき、こちらの、お巡りさんに、携帯を、取り上げられてしまったんです。それを、返してもらえませんか？　連絡したいところが、あるんですよ」

「弁護士に電話をするのかね？」

「弁護士なんかには、電話しませんよ。犯人じゃないんだから。僕は、『希望の館』の職員ですからね。こちらにいることを、一応、館長に、報告しておきたいのです」

携帯が返され、それで、柴田は、「希望の館」の佐々木館長に、電話をかけた。

佐々木館長は、電話に、出るなり、

「もう、森本さんの娘さんには、会えたのかね？」

と、きく。

「それが、大変なことになってしまって。やっと、彼女を探し当てたと思ったら、殺されてしまったんです」

「殺された？　殺されたって、いったい誰が？」

「森本さんの、娘さんです。その上、悪いことに、僕が、彼女に話しかけようとした時には、すでに、殺されていたので、こちらの警察は、僕を容疑者扱いして、彦根署に、連行されてしまっているんです」

「その分からず屋の刑事は、何という刑事なんだ？」

「佐伯という警部さんです。ここに、いますから、館長から、僕のことを、話してもらえませんか？」

そういって、柴田は、携帯を、佐伯警部に渡した。

佐伯は、黙って、しばらく、聞いていた。おそらく、館長は、いつもの調子で、熱っぽくしゃべっているのだろう。

聞き終わった時の、佐伯の顔は、さすがに前よりも、優しくなっていた。

「だいたいのことが、分かりました」

と、言葉遣いも、丁寧になっている。

「これが、お話の遺品ですね？」

佐伯は、柴田の所持品の中から、例の森本久司の遺品を、取り出して、テーブルの上に並べた。

「拝見してもよろしいですね？」

「どうぞ、見てください」

と、柴田も、応じた。

千代紙を貼りつけた、ボール箱の中から、写真や印鑑などを、取り出して、テーブルの上に並べていった。

「これが、森本あかりの、七歳の時の写真ですね」

「ええ。七五三の時の写真ですから、おそらく、七歳だと思います」

「これを、亡くなった森本久司さんの娘さんに、渡そうとした？」

「ええ、そうです」

「佐々木館長の話でも、柴田さんが、こちらに来たのは、初めてではなくて、二度目だと話しておりました」

「そうなんです。さっきも話したとおり、この遺品を渡そうと思いましたが、問題の娘さんが、どこに、住んでいるのかが分かりません。おそらく、近江周辺ではないかと考えて、先日、近江八幡や、五個荘を訪ね、こちらの警察署を始め、地元の警察や、役所にお願いして、探していただいたんです。しかし、結局分からなくて、その時は諦めて、一度、東京に戻りました。すると、昨日、『希望の館』に、突然、男の人の声で、電話がかかってきまして、自分は森本久司さんも、知っているし、娘さんのことも知っている。遺品を娘さんに、渡したいというのなら、力になれるかもしれないと、そういわれたのです。それで、今回、また、こちらに来ました。電話をかけてきたその男の人は、河村さんとおっしゃるのですが、自分は今、京都にいるので、京都まで来てもらいたい。そういわれたので、今回はまず、新幹線で、京都に行きました。そして、京都で、その河村さんに、会ったのです。

河村さんがいうには、森本あかりさんは、家庭の中でゴタゴタがあり、今、家を出て、ホームレス状態なので、びわ湖環状線の列車内でお会いしたい、そういわれましてね。それで、僕は、こちらの列車ダイヤが、まったく分からないので、いわれるままに、京都から、新快速に乗ったんです。確か、敦賀行きだったと思います。近江塩津駅で、降りると、ホームの反対側に、近江塩津発の、京都方面行き新快速が停まっていて、その車内で、森本あかりさんが、一人で待っているといわれたので、近江塩津に着くと、急いで、ホームの反対側に停まっていた列車に、乗り込みました。その時、河村さんとは、別れ別れになってしまったのです。仕方がないので、僕は、森本あかりさんを探して、車内を、歩きました。車内は空いていて、最後尾のボックス席のところに、それらしい女性が、座っていました。ちょっと下を向いていたため、顔が分からなかったので、前の座席に腰を下ろして、『森本あかりさんですか？』と、声をかけましたが、返事がない。眠っているのかなと思って、ちょっと肩に触れたら、途端に、その女性は、床に倒れてしまったんです。それで、すぐ車掌さんに知らせたら、犯人あつかいされた上に、僕は、捕まってしまったんですよ」

「森本あかりさんに、会わせるといって、あなたに、電話をしてきた河村さんという人ですが、どういう人ですか？」

と、佐伯警部が、きく。

「それが、よく分からないんですよ。今回、突然、電話をしてきて、自分は、森本久司さんを知っているし、娘のあかりさんのことも知っている。なんとか、連絡をつけられるから、遺品を持って、こちらに来てほしい。そういわれただけですから」

「近江塩津駅で、列車を乗り換えた。その時に、河村という人と、別れてしまったといわれましたが、どうして、そこで別れてしまったんですか？」

「前もって、河村さんに、いわれていたんです。今乗っている列車は、近江塩津駅に、十五時〇三分に着く。その時、ホームの反対側に停まっている列車は、十五時〇八分に、発車する。五分しかないから、列車が近江塩津駅に停まったら、急いで、向こう側の列車に、乗ってください。そういわれていたので、近江塩津駅に着いた後、僕は慌てて、反対側に停まっていた列車に、飛び乗ったのです。ですから、河村さんも、当然、一緒に来ているものとばかり、思っていたんですよ。ところが、見当たらなくなってしまったんですよ。その上、ドアが閉まって、列車が動き出してしまったので、仕方なく、僕は、河村さんを探すことを諦めて、車内で、森本あかりさんを、探したというわけです」

「河村という男に対して、あなたは、まったく、疑問を持たなかったわけですね？　どこか、怪しい人間だなとは、思わなかったのですか？」

佐伯にきかれて、柴田は、戸惑いながら、

「疑わなければならないような理由は、何も、ありませんでしたから。とにかく、こんな小さな遺品ですよ。これが、大金に変わるわけでもないでしょうし、河村さんだって、僕に、森本あかりさんを紹介して、何か、プラスになるとも思えませんから、まったく、疑いませんでした。今も、疑っていないですよ」

「列車の中で、会わせるというのは、普通に考えると、ちょっと、おかしいと思うのですが、その点は、どうなんですか？」

「普通なら、おかしいと思いますよ。でも、河村さんの話では、森本あかりさんの母親が、最近、再婚をしたんですが、その再婚相手、つまり、あかりさんの義理の父親にあたるわけですが、その人と、あかりさんの折り合いが悪くて、喧嘩ばかりしていて、とうとう、あかりさんは家を飛び出してしまったんだそうですよ。そういう事情ならば、列車の中で会いたいというのも、仕方がないなと、僕は思いました。だから、おかしいとは、考えませんでした」

佐伯警部が、柴田に、さらにもうひとつ、何かを、きこうとした時、若い刑事が入ってきて、佐伯に小声で、何かを、伝えた。

「何？　本当なのか？」

佐伯の声が、急に大きくなった。

5

「少しばかり、妙なことになってきましたよ」

佐伯が、柴田に、いった。

「どんなことですか？」

「列車の中で殺されていた、森本あかりさんですけどね。彼女が持っていた、運転免許証の住所が、大津市内になっているので、うちの刑事が訪ねていったんですよ。そうしたら、そこは、木村《きむら》さんという家なんですよ」

「つまり、その木村さんが、あかりさんの母親が、再婚した相手なんでしょう？」

「それがですね。そこには、木村さんというご夫婦が、住んでおられて、木村夫妻は、結婚して、来年で、三十年になるというんですよ」

「すいません。話が、どうもよく分からないのですが」

柴田が、首をひねる。

「つまり、森本あかりさんの運転免許証は、偽造されたものだったらしいんですよ」

佐伯が、いった。

「しかし、あの列車の中で、殺されていたのは、森本あかりさんに、間違いないのでしょう？」

「いや、それも、怪しくなってきましたね。今、問題の運転免許証が、偽造されたものかどうかを、調べているところです」

「もし、偽造されたものだとしたら、どういうことになるんですか？」

逆に、柴田が、きいた。

「それは、こちらで、調べなければなりませんが、もし、偽造だとしたら、なぜ、こんなことになったのか？　それが、どうも、はっきりしませんね。ここに、柴田さんが、森本久司さんの娘さんに渡そうとした遺品がありますが、これ以外には、遺品は、なかったんでしょうね？」

疑わしそうに、佐伯が、きく。

「もちろん、これだけです。これ以外には、何もありませんでした」

「しかし、これだけだと、問題になるようなものは、べつにありませんね」

佐伯警部は、あらためて、遺品を、ひとつひとつ、手に取っては、

「これは、近江商人がよく使う、家訓というか、格言のようなものですね」

「そうらしいですね。実は、僕は、まったく知らなかったのですが、僕が働いている『希望の館』の人が、そのことを教えてくれて、それで、亡くなった森本久司さんが、近江商人に、関係があるのではないかと、そう思ったのです」

「しかし、この格言は、近江に住んでいる人なら、誰でも知っているから、これが問題になったとは、思えないですね。次は写真ですが、これは、かなり古い写真ですね？」

「ええ、おそらく、二十年くらい前の写真だと、思います」

「そんな古い写真が、事件の原因になるとも思えないですね。三つ目は、印鑑ですが、二十年くらい前というのは、間違いないんでしょうね？」

「ええ、間違いないでしょうね。どうやら、その頃から、森本久司さんは、家とも家族とも、関係がなくなったような生活を、していたようですから」

「それなら、この印鑑が借用書に使われていたとしても、すでに時効になっていますね。本当に、これ以外には、遺品は、なかったんでしょうね？」

佐伯が、重ねて、きいた。

「もし、あったとしても、僕が、それを隠して、どうなるんですか？」

柴田は、少しばかり、腹だたしくなって、口を尖《とが》らせた。

「森本あかりさんの写真ですが、この二十年ほど前の古い写真しか、持っていないわけですね？」

「ええ、持っていませんよ。だから、現在は、二十七歳ぐらいになった、森本あかりさんが、どんな顔をしているのか、どんな感じの女性なのかが、本当に、分からなかったんです。だから、列車の中で、確認しようと思って、何回も、声をかけたんですけどね。その時はもう、死んでいたんですよ」

「とすると、森本あかりという女性の、血液型も、現在の身長や体重、病歴なども、まったく分からないわけですね？」

「ええ、分かりませんよ。とにかく、その古い写真一枚しかないんですから」

「二十年も経《た》っていると、確かに、どんな顔になっているのか、分からないかもしれないな」

佐伯は、独り言のように、いった。

殺された女性の写真が出来てきて、それを、柴田は、見せられた。

「身長百六十五センチ、体重五十二キロ、靴の大きさは二十四・五センチ。七歳の時の写真と似ているようでもあり、また、まったく似ていないようでもあり、同一人物かどうかを、判定するのは、ちょっと難しいですね。柴田さんは、どう思いますか？顔、似ていると思いますか？」

「僕にも、分かりませんよ」

この後、佐伯は、急に、話題を変えて、

「さっき、警視庁と、連絡をとりましてね。あなたが働いている『希望の館』では、最近もう一人、収容されていた、青木英太郎さんという人が、亡くなったそうですね」

「ええ」

「警視庁の、十津川という警部の話では、この青木さんは、病死ではなくて、外出先で、何者かに、殺されてしまった。それがどうにも、不可解だといっていましたが、そうなんですか？」

「ええ、館長が、お話ししたと思うのですが、『希望の館』というのは、収容者のほとんどが、治りそうもない病を持っている人で、帰る家もないし、家族もいない。そういう人を、収容していますから、たいていの人が、『希望の館』で亡くなっていくんですよ。ですから、青木さんが殺されたというのは、本当に不可解なことなんです。財産もないし、家族も、いるのかどうか、分からない。そして、あと何ヵ月かの命。そんな人を、誰が、何のために、殺したんですかね」

「その青木さんですが、十津川警部の話では、今、こちらで、問題になっている森本久司さんと、仲が良かったそうなんですが、本当ですか？」

「ええ、仲が良かったですよ。なにしろ、二人とも同じような境遇ですし、その上、青木さんにも、やはり、娘さんが一人いましてね。その写真も、古い写真なんですけど、森本さんと同じように、青木さんも、写真を、大事そうに持っていたようでしたから、それで、仲が良かったんじゃありませんかね」

柴田は、自分の考えを含めて、いった。

「柴田さんが、というよりも、『希望の館』が、といったほうが、正しいかもしれませんが、病死した森本久司さんの家族を、探している。そして、遺品を渡したいといっている。そのことを知っている人は、どのくらいいるんでしょうか？　この話は、新聞とかテレビで、紹介されたのですか？」

佐伯が、きいた。

「いえ、マスコミには、まったく、発表していません。今もいったように、僕が先日、近江八幡や、五個荘に行って、警察や市役所などに、協力をお願いしましたから、滋賀県の中には、知っている人が、何人か、いるかもしれませんが、こういうことは、そんなに大げさに、発表するようなことでもありませんから」

「先日、柴田さんが行ったのは、この彦根と、近江八幡、五個荘ですね？」

「ええ、そこの警察、市役所には、協力を、お願いしました」

「しかし、その時には、探している遺族が、見つからず、いったん、東京に帰ったんですね？」

「そうです。その後で、今度は、河村さんという人から、電話があったんです」

「その間に、『希望の館』では、青木英太郎さんという人が死んだ。それも、外出中に殺された」

「ええ、確かに、そうですが、しかし、関係が、あるんでしょうか？」

「どうですかね、そのことは、警視庁が、捜査していると、思いますがね」

6

その頃、東京の墨田警察署に置かれた捜査本部では、十津川たちが、捜査方針を立てるのに苦労していた。なにしろ、殺された被害者が、ほとんど、無一文で、その上、余命六ヵ月といわれていた男だったからである。

被害者が収容されていた「希望の館」に問い合わせると、余命は、間違いなく六ヵ月と診断されていて、一、二週間は、違うかもしれないが、間違いなく、死ぬだろうという話だった。

つまり、放っておいても、間もなく、死ぬ男なのである。

そんな男を、誰が、何の理由で、殺したのだろうか？

十津川が、捜査会議で、話を進めた。

「被害者が『希望の館』に収容された後、外から、被害者のことを、問い合わせるような電話は、まったくなかったといっている。その上、青木英太郎という名前も、本名かどうか、分からない。家族がいるかどうかも、分からなければ、どこの生まれかも、分からない。誰が、こんな無一文の、放っておいても六ヵ月後には死んでしまうような男を、わざわざ、殺したりするだろうか？　本部長は、この点が疑問だというし、私も同感だ。だから、疑わしい人物が、一人も、浮かんでこない。そんな時に、今日、滋賀県警の佐伯という警部と連絡をとった。青木英太郎がいた、同じ『希望の館』で、森本久司という六十一歳の男が病死している。亡くなった後で、調べてみると、小さな箱に遺品が入っていた。その遺品の中に、二十年くらい前のものと思われる古い写真が、入っていて、そこには、七五三と思われる七歳の女の子の写真があった。亡くなった森本久司の娘、あかりと思われたので、『希望の館』では、柴田という職員が、森本久司の家族を探して、できれば、成人している、写真のその娘さん、あかりさんに、遺品を届けたい。そう思って調べていたところ、今回、森本久司を知っているし、娘のあかりも知っているという男から、電話が入って、柴田という職員が、遺品を持って、京都に行った。その男に会いに行ったところ、再び列車に乗るようにいわれ、今日の午後三時頃、北陸本線の列車の中で、森本あかりと思われる女性が、殺されているのを発見した。それで、殺人事件として、滋賀県警が捜査を開始したのだが、調べていくと、殺された森本久司の娘、あかりと思われる女性の身許が、怪しくなってきた。本人かどうか、分からないというんだ。以上が、佐伯警部の話で、同じように『希望の館』に収容されていた人間の殺しを捜査しているこちらと、連絡をとることになった」

「つまり、『希望の館』に絡んで、続けて、二つの殺人事件が起きたということになりますね？」

と、亀井が、いった。

「そのとおりだ」

「しかし、殺された青木英太郎と、森本あかりとは、何か、繋がりがあるんでしょうか？」

「たったひとつだが、繋がりがある」

「何ですか？」

「東京で殺された青木英太郎と、滋賀県の列車内で殺された森本あかりと思われる女性の父親、森本久司が、『希望の館』では、仲が良かったということだ」

「それだけですか？」

少し、がっかりした口調で、西本《にしもと》刑事が、いった。

「今のところ、それだけしかない」

その後、十津川は、刑事たちに向かって、

「しかし、このことから、ひとつだけ、想像できることがある」

と、いった。

「『希望の館』の話では、青木英太郎も、森本久司も、それぞれ、娘の写真を、大事そうに持っていた。二人は、なんらかの理由があって、家族のところにも帰れないし、末期ガンを患っている。そんな境遇の二人だが、どちらも、いちばん大事にしていたのは、娘の写真だった。だから、そのことで、二人は、仲が良かったのではないかと、『希望の館』ではいっているんだ。それを、もう少し、広げて考えれば、二人は、古い娘の写真を見せ合ったり、あるいは、ほかの人には、話せないようなことも、話し合っていたのではないかと、考えられるんだよ」

「二人は、同じ部屋で、寝起きしていたんですか？」

と、日下《くさか》刑事が、きいた。

「『希望の館』に問い合わせたところ、青木英太郎と森本久司の二人は、同じ部屋で、寝起きしていたそうだ」

「確か、青木英太郎が殺されるよりも先に、森本久司のほうが、亡くなったんですよね？」

確認するように、日下刑事が、きく。

「ああ、そうだ。それで『希望の館』では、数少ない遺品を、写真に写っている、娘のあかりに、届けようとしていた」

「その遺品の中に、何か、問題になるようなものが、あったのではないでしょうか？」

「遺品は、小さなボール紙で作った箱の中に、入っていて、近江商人の心得を書いた色紙、二十年ぐらい前の娘と一緒に撮った写真、それから印鑑。この印鑑だが、もし、この印鑑を使って、借用書が書かれていたとしても、もう二十年も経っているから、時効になっている」

「つまり、どれも、たいした遺品ではなかったということですね？」

今度は、西本刑事が、きいた。

「そのとおりだよ」

と、十津川は、うなずいてから、

「今、ひとつだけ、考えられることがあるといったのは、この、遺品のことなんだ。森本久司は、青木英太郎が、まだ生きている時に、亡くなっていて、同じ部屋にいたということは、青木英太郎が、森本久司の遺品の中から、何かを盗むチャンスが、あったということだ。『希望の館』の職員たちは、森本久司の遺品は、今いった、三つしかない。そう信じているが、職員たちが、それを、調べる前に、青木英太郎が、四番目の遺品を、盗み出していたかもしれないんだ」

「何か、そう考えられる余地が、あるんでしょうか？」

「『希望の館』の職員にきいてみると、森本久司が亡くなった後で、彼の所持品を調べたといっているからね。時間的には、辻褄《つじつま》が合うんだよ」

「そうすると、そのことが、今回の殺人事件に、繋がっているのかもしれませんね」

亀井が、いった。

「しかし、証拠は、何もないんだ。それに、隅田公園で、死体になって発見された青木英太郎の所持品の中には、森本久司の遺品は、見つからなかった」

「しかし、青木英太郎が、森本久司の遺品のひとつを盗んだという可能性は、消えないわけですね？」

西本刑事が、いった。

「可能性はあるさ。しかし、証拠はないし、遺品の中の何を盗んだのかも、分からないんだ」

「確かに、不十分ですが、現在、捜査は行きづまっています。ですから、このことが、なんらかの事件解決の糸口になるといいのですが」

と、亀井が、いった。

「今のところ、有力な捜査方針が浮かばなければ、この可能性に、賭けてみるよりほかに、仕方がないんじゃありませんか？」

西本も、いう。

「そのとおりだ。これからは、この可能性に賭けて、捜査を、進めることにしたい」

と、十津川も、いった。

7

捜査方針が決まり、また、滋賀県警との合同捜査ということも、決定して、十津川と亀井は、滋賀県警が捜査本部を置いた、彦根警察署に、行くことになった。

「希望の館」の職員、柴田圭太も、現在、向こうにいると、分かったからである。十津川は、柴田からも、話を聞きたかった。

翌日、二人は、新幹線に乗って、彦根に向かった。米原で降りて、駅に待っていてくれた滋賀県警のパトカーで、彦根警察署に向かった。

捜査本部のある彦根警察署に着くと、今回の事件を担当している、佐伯警部や「希望の館」の職員、柴田に会った。

十津川が、佐伯に向かって、東京で決めた捜査方針の話をすると、佐伯も、ニッコリして、

「実は、こちらでも、同じ可能性を、考えていたんですよ。ほかに、二つの事件を、結びつけるものが、見つかりませんから」

柴田が、青木英太郎と、森本久司の二人が、寝起きしていた部屋の、見取り図を描《か》いてくれた。

三畳という狭い部屋に、上下に、ベッドを重ねて、二人は、寝起きしていたという。

「森本久司さんが死亡した後、柴田さんたちが、森本さんの遺品を、調べたんですね？」

十津川が、柴田に、きいた。

「そうです。もし、家族に渡せるようなものが残されていれば、渡したいと、思っていましたから」

「たしか、森本さんの遺品は、小さなボール箱に入っていたんでしたね？」

「ええ、これです」

柴田は、千代紙の貼られた、小さなボール箱を、十津川の前に置き、フタを開けて、中のものを、見せた。

「これを調べたのは、森本さんが亡くなった後ですね？」

「ええ、もちろん。生きている時に調べたら、それこそ、相手の気持ちを、傷つけてしまいますよ。ですから、亡くなった後に、調べました」

「調べたのは、亡くなって、どのくらい経ってからですか？」

「亡くなった後は、葬式も、出さなくてはいけませんし、遺体を、荼毘《だび》に付さなければなりません。いろいろと、手配することがありますから、森本さんの遺品を調べたのは、一日以上は、経っていましたね」

「すると、その間に、青木英太郎さんが、この遺品箱の中から、何かを盗んだとしても、分かりませんね？」

「ええ、確かに、分かりませんが、青木英太郎さんが、はたして、そんなことを、するでしょうか？」

柴田が、気色《けしき》ばんだ顔で、きいた。

「いや、これは、あくまでも、仮定の話ですから」

と、十津川が、いった。

今度は、亀井刑事が、

「東京の隅田公園で、青木英太郎さんが、殺された事件ですが、その時、柴田さんは『希望の館』に、いらっしゃいましたね」

「ええ、そうです。僕も、館長や加賀美医師と一緒に、青木英太郎さんの遺体を引き取りに、警察に行きましたよ」

「われわれ警察が、あなたがたから、話をうかがったときの、メモがあるのですが、あらためて確認しますので、今から読んでみます。何か間違っているところがあったら、教えてください」

亀井は、そういって、手帳を広げると、

「青木英太郎、六十六歳。末期ガンで、余命六ヵ月。『希望の館』では、森本久司と同室で、一日、五百円の小遣いをもらっては、外出して、好きなパチンコを、やっていたらしい。森本久司が亡くなった後、青木英太郎は、毎日、外出していた。森本久司と同じように、娘の昔の写真を大事そうに持っていて、その娘のためならば、どんなことでもしてやりたい。もし、大金が、手に入ったら、それは、全部、娘に贈るつもりだと、いっていた。これでいいですか？　どこか、間違っているところが、ありますか？」

「いや、それで、いいですよ。間違っているところはないですよ。僕たちは、青木さんに話を聞いたり、生活態度を見たりしていましたが、だいたい、そのようなことだと思います」

「森本久司さんが、亡くなった後、毎日、青木英太郎さんは、外出していますが、そのことについては、どう、お考えになっていたんですか？」

「たぶん、仲良しだった森本さんが、亡くなってしまい、話し相手も、いなくなったので、憂《う》さ晴らしに、外出しては、好きなパチンコでも、やっているのだろうと、そう思っていました」

そこに、割り込むように、彦根署の佐伯警部が、

「東京で殺された、青木英太郎という人が、森本久司さんの遺品のひとつを、盗み出したとすると、毎日の外出と、結びつけて、いろいろと、考えられますね？」

と、十津川に向かって、いった。

十津川は、微笑した。

「私も、同じことを考えているんですよ」

「具体的に、どういうことを、考えておられるのですか？」

「青木英太郎さんは、『希望の館』の話では、携帯電話を、持っていなかった。だから、誰かに電話連絡をしようとすれば、『希望の館』の電話を使うか、あるいは、外出して公衆電話を使うかの、どちらかしかないのですが、もし、何か、やましい話をしようとしたのならば、『希望の館』の電話は、使えないから、外出して、公衆電話を使うしかありません。そこで、話がちょっと飛躍するのですが、青木英太郎さんが、森本久司さんの遺品のひとつを盗み出した。それが、金になると分かって、青木英太郎さんは、誰かを、脅したんじゃないのか？　つまり、毎日外出しては、公衆電話から相手に電話をして、脅したのではないか。今、亀井刑事が、手帳にメモしたことを話しましたが、その中に、青木英太郎さんは、娘のためならば、何でもする。もし、大金が、手に入ったら、それを全部、娘に贈りたい。そういう言葉が、ありました。それは、よく青木英太郎さんが口にしていたことで、もし、盗み出した遺品が、金になるようなものだったら、それを使って、相手を脅迫したことは、十分に考えられます。そして、そのために、青木英太郎さんは、殺されてしまった。可能性は、ゼロではありません」

「今、十津川さんが、いわれたことが、本当にあったとすれば、滋賀県で起きた殺人事件の説明もつくような気がします」

と、佐伯は、いい、さらに、続けて、

「青木英太郎さんが、森本久司さんの関係者を、脅迫していたとします。当然、脅迫されていたほうは、パニックになってしまったか、あるいは、なんとかしなければと思ったと、思うのです。その前に、『希望の館』の柴田さんが、森本久司さんの遺品を持って、近江八幡や五個荘に来て、森本さんの家族、特に、娘のあかりさんを探した。青木英太郎さんの口は、封じたが、『希望の館』の柴田さんは、まだ、森本久司さんの家族を、探すかもしれない。そうされては困るという人間がいて、その人間は、柴田さんが探している、森本久司さんの娘、森本あかりさんが、死んだことにしようと考えた。死んだことにすれば、もう、探すことはないだろう。そう思って、今回、びわ湖環状線の列車の中で、森本あかりさんらしき女性を、殺して、その死体を、柴田さんに、見せつけたのではないかと、そんなふうに、考えているのですが」

「殺された女性ですが、本当に、森本あかりさんかどうかは、分からないわけでしょう？」

十津川が、佐伯に、きいた。

「それで、困っているんです。年齢は、だいたい、森本あかり本人と、一致しています。しかし、持っていた運転免許証は、どうやら、偽造されたものと、分かりました。こうなると、殺された女性も、森本あかり本人かどうか、怪しいものです」

「確か、もうひとつ、こちらで、事件が起きていたんじゃありませんか？」

十津川が、きくと、それには、柴田が、

「最初に、森本久司さんの家族を探しに、こちらに来た時、お世話になった、五個荘の役所の女性係長がいたんです。黒田多恵さんといいました。彼女は、いろいろと親切に、森本久司さんの家族を、探してくれることになったのですが、この黒田多恵さんが、突然、交通事故で、亡くなってしまったのです」

「それも、なんとなく、おかしな話ですね」

「ここにきて、妙な事件が、重なっているというか、おかしいと思えることが、多くなっています」

と、佐伯が、いった。

佐伯は、あらためて、それを、ひとつひとつ、並べて、いった。

「いま、柴田さんがいった、五個荘の黒田多恵という女性の事故死も、こうなってくると、怪しくなってくるし、森本あかりという女性の死も、怪しくなってくる。それに、柴田さんに連絡してきた河村という男も、怪しいな」

「考えてみると、柴田さんが、森本久司さんの遺品を、家族に渡そうとした時から、何か、事件が、起き始めたのかもしれませんね」

亀井が、いうと、若い柴田は、顔を赤くして、

「僕は、ただ、森本さんの遺品を、家族に渡したかっただけですよ」

と、怒ったような口調で、いった。

第四章　男と女

1

一ヵ月が過ぎた。その間、捜査は、停滞したままだった。

青木英太郎を殺した容疑者は、いっこうに、浮かんでこなかった。

ただひとつ、捜査本部としては、青木英太郎が、同じ「希望の館」に、収容されていた森本久司が死んだ直後に、その遺品の中から、何かを、盗んだのではないか？　そして、それが原因で、青木英太郎は、殺されたのではないのか？　そんなふうには、推測していた。

その推測は崩れずにいたが、何を、何のために盗んだのかは、まったく、分からずにいた。

「希望の館」の、佐々木館長から、十津川に、

「警部さんに、ぜひ、見ていただきたいものがあるので、すぐ来てください」

という連絡が、入った。

十津川は、亀井刑事を連れて、「希望の館」に、飛んで行った。

そこで、佐々木館長に見せられたのは、一通の封書だった。

その封書は、ひどく黄ばんでいた。

封筒の表は「東京都豊島《としま》区巣鴨《すがも》〇丁目××番地　アパート富士見《ふじみ》荘内　森本久司様」となっていた。切手の下には「親展」とある。

差出人の名前は、崎田隆介《さきたりゅうすけ》とあったが、住所は、書いていない。

「まだ、封は、切っていませんね」

十津川が、いうと、佐々木館長は、

「ええ、親展と、書いてありますし、それに、警察のほうで、この封筒についている指紋を、調べるのではないか？　そんなことも考えて、封は開けなかったのです」

封筒の宛名、豊島区巣鴨〇丁目××番地　アパート富士見荘の大家が、親切に、森本久司の転居先を追って、やっと、この「希望の館」に、たどり着いたものだと、館長が、説明してくれた。

十津川は、手袋をはめて、封を切った。

中から出てきたのは、一枚の便箋で、それにはパソコンで、こう打ってあった。

「森本久司様、お元気でしょうか？

今まで、毎年一月五日に、一年分の利息一万円を前払いしていただいてまいりましたので、問題の質草は、今でも金庫の中に、大切に、保管してございます。

それが、今年は、一月五日に、森本様からのお振り込みがなく、今に至るも、何のご連絡もいただいておりません。そのため、当方では困っております。至急、連絡してくださいませんか？

今まで二十年間、ご愛顧を、いただいてきましたので、もし、何か、ご都合の悪いことでもあるのでしたら、一年間、利息を、猶予してもかまいません。

とにかく、この手紙がつき次第、一年分の利息を、お振り込みいただくか、あるいは、ご連絡をください。

なにとぞ、よろしくお願いいたします」

これが、書かれてあった、文章のすべてだった。

「この文面をそのまま、素直に読めば、差出人は質屋で、その利息の督促《とくそく》と見て、いいんじゃないのかね？」

十津川が、いうと、亀井も、うなずいて、

「確かに、そうですね。二十年間というから、森本久司が、おそらく滋賀の家を出てからの、二十年間でしょう。彼は最初に、巣鴨のアパートに入っていた。今でも、そこにいると思って、相手は、宛先を、そこにしたんでしょうね。ところが、森本は、そこから、山谷《さんや》に移ったり、病気で入院したり、あるいは、東京都の保護施設に、入ったりした。それで、なかなか届かなかった手紙を、アパートの大家が、なんとか調べて、届けてくれたんでしょうね。しかし、差出人の質屋の名前がありませんね。差出人は、崎田隆介という個人名になっていますが」

「質屋の名前など、書いたら、いろいろと、まずいので、個人名に、したんじゃないのかね？　それだけ、森本久司は、この質屋と、親しかったんだ」

「消印を見ると、彦根の郵便局になっていますね」

亀井が、いった。

「こうなると、どうしても、彦根に行ってみる必要が、出てきたな」

自分にいい聞かせるように、十津川が、いった。

2

翌日、十津川と亀井は、新幹線に乗って、彦根に向かった。

その新幹線の中で、

「これで、殺された青木英太郎が、同室の森本久司から、何を盗んだのかが、だいたい想像できましたね」

と、亀井が、いう。

「ああ。ひとつしか考えられないね。質屋の質札だよ。十中八、九、間違いなく、青木英太郎は、病死した森本久司の遺品の中から、質札を盗んだんだ。たぶん、それが、唯一、金になりそうなものだと、思ったからじゃないかな」

「疑問なのは、どうして、青木英太郎が殺されたのか、ということなんです。他人の質札を、持っていただけでは、殺されたりはしないんじゃありませんか？」

「一年間の、利息前払いで、一万円か。カメさんは、どんなものが、質入れされているか、想像がつくかね？」

「いえ、まったく、想像がつきませんね。一年で一万円とすると、月に、たかだか、九百円足らずでしょう? その利息から考えると、そんなにたいした物ではないと、思えるのですが、わざと、安い利息で入れたのかもしれません。そうすれば、利息が、払いやすいし、いつまでも、質屋の蔵に、入れておいてもらうことができますから」

「カメさんの質問にもあったが、どうして、質札を持っていただけで、青木英太郎が、殺されてしまったのか? その点は、私にも、疑問だな」

「私のいちばんの疑問は、それなんです」

「おそらく、その質札を、手に入れたいと思っていた人間が、ほかにも、いたんだよ。その人間は、青木英太郎を、殺してまで、その質札を、手に入れようとしたんじゃないかと思うね」

「青木英太郎を、殺した犯人は、その質札を、手に入れたんでしょうか? 手に入れたとすれば、どうして、そのあと、びわ湖環状線の中で、殺人が、起きてしまったんでしょうか?」

「私にも、その点が、分からないんだ」

十津川も、同感だった。

二人は、米原で降り、そこから彦根まで、車を、飛ばした。

彦根警察署には、佐伯警部が、二人を、待っていた。

「昨日、お願いしておいた件ですが、何か、分かりましたか？」

佐伯に、会うなり、十津川は、きいてみた。

佐伯は、ニッコリして、

「分かりましたよ。意外と、簡単なことでした。消印があった、彦根の郵便局に行きまして、その郵便局が、郵便や小包を集める地区を、教えてもらったのです。その地区で崎田という名前の人が、住んでいるかどうかを調べたところ、二人住んでいまして、そのうちの一人のほうが、質屋を、やっていたんです。これから、一緒に、行ってみませんか？」

佐伯が、誘った。

三人は、滋賀県警のパトカーで、問題の崎田質店に、向かった。

彦根城の近くにある、質屋だった。

東京の質屋などは、質屋とは分からないような、スマートな看板が、かかっていたりするのだが、この崎田質店は、昔ながらの、暖簾《のれん》をくぐって入るような、造りになっていた。

十津川は、店の主人に、東京から持ってきた封書を、見せた。

「これは、ご主人が、書いたものですか？」

六十代に見える店の主人は、封筒を、手に取ってから、

「確かに、これは、私が出したものですが、それをどうして、警察の方が、お持ちになっているんですか？」

と、首を傾《かし》げた。

「森本久司さんですが、先日、東京で、亡くなったんですよ」

十津川が、いうと、崎田は、小さく溜息《ためいき》をついた。

「そうですか。それで、何の連絡もなくなったんですね」

「森本さんが、二十年前にこの店に預けていった、質草というのは、いったい、何なのですか？」

「では、質札を、お持ちでしょうね？」

「残念ながら、ありません」

「それでは、お見せできませんね」

崎田が、頑固ないい方をした。

「しかし、預けた森本さんは、亡くなっているんですよ」

「二十年前、私どもが、森本さんがお持ちになったものを、預かる時、約束したんで

すよ。森本さんが、こういわれたんです。私以外の人間が、これを、取りに来ても、絶対に、渡さないでくれと。ですから、いくら警察の方でも、お見せするわけにはいきません。森本さんから、質札を、預かってきたといわれるのでしたら、お見せするぐらいは、できますが」

「しかし、人が、三人も、死んでいるんですよ。東京で、一人が殺され、こちらの、滋賀県でも、二人が、殺されているのです」

「その殺人に、森本さんか、あるいは、森本さんの身内の人間が、関係しているんですか？」

「森本さんが、殺したわけではありませんが、どうやら、森本さんが、こちらに、預けたものが、殺人の動機になっているようなんですよ。それで、見せていただきたいのです」

と、十津川が、いった。

崎田隆介は、しばらく、黙って、考えていたが、

「実は、森本さんが、持っているはずの質札を持った人がきて、それと引き換えに、森本さんがうちに預けていたものを、渡してくれといわれたことが、あるんですよ」

「それで、渡してしまったのですか？」

十津川が、きくと、崎田隆介は、笑って、

「いや、渡していません」

「どうして、渡さなかったんですか？」

「今もいったように、森本さんは、その質草を預ける時、私以外の人が、取りに来ても、絶対に、渡さないでほしい。そういっていましたからね」

「しかし、渡さなかったら、相手は怒ったでしょう？　質札を持ってきたんだから」

「ですから、適当なものを、渡しておきましたよ」

また、崎田隆介は、笑った。

崎田は、その質札を、見せてくれた。二十年前の日付になっていて、そこに書いてあったのは、「ルイ・ヴィトンのバッグ一個」という文字だった。

「うちの蔵には、預かった、あるいは、買い取った、ヴィトンのバッグが、いっぱいありますからね。その中から、いちばん古そうなものを、出してきて、これが、森本さんが預けていったものですよといって、渡しました。それで、相手は、納得して、帰りましたけどね」

「取りに来たのは、どんな人間でしたか？」

「年齢は、三十五、六歳ですかね。男の人ですよ。背が高い男だったな。身長百八十センチぐらいあって、やや痩せた男でしたよ。それから、目が鋭かったな」

「その男ですが、ヴィトンのバッグを持って帰った後、また来たということは、ありませんでしたか？」

「翌日、その男から、電話がありましたよ。昨日渡されたヴィトンのバッグだが、森本さんは、ほかに、何か、預けていないかと、聞かれたので、預かったのは、お渡ししたバッグだけですよ、と突っぱねたら、電話を切りましたね」

「じゃあ、二十年前、森本さんが預けていった質草を、見せてもらえませんか？」

あらためて、十津川が、いった。

崎田は、裏の蔵から、古新聞に包んだものを、持ってきた。新聞を広げると、ヴィトンのバッグが出てきた。

それは、小さなもので、たぶん、ヴィトンでも、それほど高価なものではないだろう。

「本当に、これを、森本さんが、預けていったのですか？」

「そうですよ。刑事さんには、嘘はつきませんよ」

崎田が、いった。

十津川が、バッグの口を開けてみると、中から、ハンカチに包まれたビデオテープが一本、出てきた。二十年前のものだから、すっかり古くなった六十分テープである。

十津川は、そのヴィトンのバッグと、中に入っていたテープを、預かって、彦根警察署に行き、プレイヤーを借りて、そのテープを再生してみることにした。

それは、一目で、素人が撮ったことが分かるもので、その上、やたらに、ズームを使って撮ったと見えて、ピントが、ずれている箇所が、何ヵ所かあった。

ただし、一貫して、映されていたのは、若い女性と、中年の男性だった。それも、六十分テープの中に五分ほど映っていたあと、途切れて、また十分映る。そんな感じで、切れ切れに、映っていた。

男のほうは、五十代半ばぐらいだろうか。おそらく、女より、二回りは、歳を取っているように思われた。

二人で、どこかの公園を、仲良く歩いているのを撮った場面もあり、二人でホテルに入っていくところ、また、出てくるところが、映っていたりする。

十津川と一緒に、テープを見ていた亀井刑事が、ふいに、

「この男のほうですが、顔に、見覚えがありますよ」

と、いった。

「私も今、どこかで、見たことのある顔だなと、思っていたんだ」

「これが、二十年ほど前に、撮られたビデオだとすると、現在、男は、七十代になっているはずですね。少し顔が変わっていますけど、N自動車の社長じゃありませんか？　成功者として、時々、テレビなんかにも、出てきていますから、それで、私は覚えていたんですが、間違いなく、N自動車の社長ですよ」

亀井が、いった。

そういわれてみれば、今は、もう少し、老けてしまっているが、確かに、N自動車の社長に違いない。

名前は確か、小田《おだ》啓輔《けいすけ》だったと、十津川は思い出した。

N自動車は、戦後に創立された会社で、その時から、小田は社長を務め、ワンマンとして知られているが、同時に、N自動車は、数々の名車を造った会社としても、有名である。

「女のほうは、誰だろうか？」

「いや、分かりませんね。三十歳前後だろうと思いますが、なかなかの美人じゃありませんか？」

「このビデオテープは、ヴィトンのバッグに入っていて、二十年前、森本久司が、崎田質店に預けたものだ。彼は、絶対に流さないということで、一年に一万円ずつ、利息を、支払い続けていた。当然、このテープに映っていることも、森本久司に、関係があるんじゃないかと、私は、思うがね」

「そうだとすると、森本久司の、周辺にいる女性でしょうか？」

「もっと限定すれば、この女性は、おそらく、森本久司の奥さんだよ」

十津川が、いった。

「そうすると、森本久司の奥さんが、浮気をしていたということですか？」

「ああ、そうだ。これが、森本久司の奥さんならば、浮気をしていたんだ。浮気の相手は、N自動車の社長だよ」

「なるほど、そういうことですか」

「私たちの想像が、当たっているかどうか、調べてみようじゃないか」

十津川が、いった。

現在の森本家が、どこにあるかは、崎田質店の主人に、聞いてある。

昔は、彦根市内にあったが、今は、引っ越して、近江八幡にあるという。

近江八幡駅から、歩いて七、八分のところにある家だった。昔風の造りの、大きな家である。

十津川と亀井は、近くにあった派出所に行き、勤務中の巡査部長に、森本家について、聞くことにした。

「あの家?」

と、巡査部長が、いった。

「あの家は、森本さんの家ではなくて、武部《たけべ》という家です」

「しかし、森本久司さんの、奥さんの家じゃないの?」

「二十年ほど、前でしたかね。森本さんが失踪してしまって、その後、離婚が成立し、森本さんの奥さんが、実家に帰ってきたんですよ。その実家です」

と、巡査部長は、教えてくれた。

「そうすると、奥さんは、再婚は、していないのか?」

「そのようですね。娘さんと二人で、仲良く暮らしていますが、奥さんも美人だし、娘さんも、美人ですよ」

「娘さんは、確か、あかりさんだったね?」

「ええ、そうです。あかりさんという、名前です。彼女は武部姓になっているのですが、普段は旧姓を使っていたようです」

「彼女、今、何歳になるの?」

亀井が、きいた。

「確か、今、二十六歳か、二十七歳じゃないですか」

「まだ、結婚は、していないんだ？」

「どこかの大きな会社の、ＯＬだそうですよ」

巡査部長が、いった。

「確か、Ｎ自動車の滋賀工場が、この近くにあったんじゃなかったかな？」

「ええ、大津にあります。大きな工場ですよ。あかりさんは、確か、そこで、ＯＬをしていたんじゃなかったですかね。そんな話を、聞いたことがあります」

「なるほどね」

「実家に帰ってきた、森本久司さんの奥さんの名前、確か、美代子《みよこ》だったよね？」

「ええ、そうです。今は離婚しましたから、武部美代子です」

「どんな女性なの？　会ったり、話したりしたことある？」

亀井が、きいた。

「私は、日頃、この辺を警邏《けいら》しているので、会ったこともあるし、話したことも、あります」

「どんな女性なのか、君の印象を、教えてくれないか？」

「そうですね。今は、確か、もう、五十歳になったと思いますが、それでも、なかなかの美人ですよ。歳よりも、ずっと、若く見えますしね。若い頃は、男に、相当モテたんだろうと思いますよ」

巡査部長が、いった。

「二十年前、夫の森本さんが、失踪したわけだから、その後はずっと、独身だとすると、その間に、恋人が出来たなどというようなことは、聞いてないか？」

「これは、あくまでも、噂なんですが。美代子さんというのは、美人だから、仕方がないといえば、仕方がないんですけど、ちょっと、気位が高いので、ご主人が失踪したからといって、男とのつき合いが派手になるようなことは、なかったみたいですが、誰か、すごい大物と、つき合っているという、そんな噂を聞いたことがあります」

「大物ね」

「その大物が美代子さんのそばにいたので、ほかの男たちは、誰も、近づけなかった。それで、再婚しなかった。そんな話を、聞いたこともあります」

巡査部長が、いった。

「N自動車の社長は、小田啓輔というんだが、社長の別荘が、この近くに、あるんじやないのか？」

十津川が、きくと、巡査部長は、

「ええ、ありますよ」

と、あっさりうなずいて、

「確か、近江舞子に、あるんじゃないですかね。昔、湖に面して、小さな、ホテルがあったんですが、それを、買収して改修したのが、社長の別荘だと、聞いたことがあります。素晴らしい別荘だそうです」

「近江八幡と近江舞子とは、どのくらい離れているのかね？」

十津川が、きくと、巡査部長は、やおら、琵琶湖周辺の地図を、取り出してきて、

「近江舞子は、ご覧のように、湖西線に駅がありますから、琵琶湖の西岸です。近江八幡のほうは、ご覧のように琵琶湖の、東側にあります」

「じゃあ、移動するとなると、結構、時間がかかるね？」

「いえ、そうでもありませんよ。今は、琵琶湖の周囲を、快速列車が走っていますから、近江八幡から山科《やましな》までは、快速で三十分くらいですし、山科で乗り換えて、湖西線の快速で近江舞子まで、三十分もかかりませんから、近いですよ」

と、巡査部長が、いった。

確かに、そう考えれば、近江八幡と近江舞子の間は、近いといえるかもしれない。そうなると、森本久司が失踪した後、この近江八幡の実家に、戻ってきていた妻の美代子は、時々、快速列車に乗って、近江舞子まで行き、浮気相手の、N自動車の小田社長の別荘で、二人だけの時間を、過ごしていたのかもしれない。

派出所を出ると、亀井が、

「今、考えたのですが、森本久司の子供、あかりは、ひょっとすると、森本久司の娘ではなくて、N自動車の小田社長と、森本美代子との間に生まれた子供なんじゃないでしょうか？」

「カメさんも、そんなふうに、考えたか？」

「じゃあ、警部も、同じことを、考えたんですか？」

「森本久司は、突然、滋賀から、東京に出てきた。いわば、失踪だよね。家族には何もいわないで、郷里を、飛び出したとすると、どうして、そんなことをしたのか？最初は、借金でもして、それが返せなくなったので、失踪したのかとも、思ったんだが、そうではないらしい。そう考えて、ビデオテープを見ると、妻の浮気と、生まれた子供が、自分の子供ではないことを知って、それが、ショックで、失踪したのかもしれないね」

「そうだとすると、どうして、妻とN自動車社長の浮気現場を撮ったテープを、ヴィトンのバッグに入れて、それを、わざわざ、質屋に預けたんでしょうか？」

「それについては、ひとつ、考えたことがあるんだ」

と、十津川が、いった。

「妻の浮気を知った時、生まれてきた子供が、自分の子供ではないことを知って、森本久司は、絶望と同時に、怒りも、感じたと思うんだよ」

「それで、森本は、浮気の証拠をつかもうと、妻と、N自動車の小田社長を尾行して、ビデオカメラで、撮影していたんですね？」

「おそらく、あのテープは、森本久司が、撮ったものだ」

「撮って、それから、どうしようと、思ったんでしょうか？」

「たぶん、そのテープを、N自動車の社長に突きつけて、謝らせるか、あるいは、強請《ゆす》ってやろうかと、思ったんじゃないかな。しかし、それは、できなかった。たぶん、そこが、森本久司の人の良さの、あらわれなんだろう。ただ、その証拠は、ずっと、取っておきたかった。持ち歩いていては、なくしてしまう恐れもあるから、知り合いの崎田質店に、預けた。毎年、利息を払い込むから、絶対に流さないでくれ。また、自分以外の者には、絶対に、渡さないでくれ。そういって、森本は、東京に出てきたんだ」

「すると、あのテープを、いつか、利用したいという気持ちは、ずっと、あったんですかね？」

「それは、あったと思うね。ひとつだけ考えられるのは、森本は、生まれた子供、あかりが、七歳の時に、おそらく失踪している。その子供は、自分の子供ではないが、しかし、可愛かったんだろう。だから、娘のあかりが、成人したあとに、もし、何かで、金がいることがあったら、問題のテープを、N自動車の小田社長に見せて、金を強請ろうと、考えていたのではないだろうか？　それが、できないうちに、森本自身が、死んでしまったんだ」

「これで少しずつ、事件の真相が、分かってきましたね」

亀井が、満足そうに、いった。

「じゃあ、カメさんの結論を、聞きたいね」

「N自動車の小田社長ですが、自分と美代子が、一緒にいるところを、誰かにビデオに撮られたと、気がついていたのではないでしょうか？　その撮影者は、おそらく、美代子の夫である久司だろう。そう考えても、不思議はありません。もし、そのビデオを、ネタにして、森本久司に強請られたら、ビデオを、買い取ってやろうぐらいのことは、考えていたのではないでしょうか？　ところが、突然、森本久司は、失踪してしまった。そうなると、ビデオが、いったい、どこにあるのかが、心配になってきます。たぶん、小田社長は、森本美代子に話をして、彼女にも、探させたのではないでしょうか？　ところが、見つからない。テープがどこにあるかは分からないが、それが、公《おおやけ》になってしまったら、困ることになる。ずっと、心配していたに違いありません」

「森本あかりが、自分の子供だということも、小田社長は、知っていたんだろうか？」

「それは、美代子が、小田社長に話したと、思いますね。男性には分からなくても、女性には、誰の子か、ちゃんと分かると、いいますからね」

「それで、いよいよ、小田社長は、ビデオのことが気になっていた。森本の失踪から二十年後、突然、青木英太郎と名乗る男から美代子に電話が入った。もちろん、青木は、森本久司の質札を奪っただけだから、質草も知らないし、小田社長のことも知らなかったはずだ。ただ、森本が、ずっと、大事に持っていたものだから、かなり金目のものだと見当をつけて、たぶん、森本久司から、何らかの話をきいていて、奥さんを見つけ出して、電話したんだと思うね。森本さんが、大事にしていた質札を見つけたので、引き取ってもらいたいとでも、いったんだろう。いくらかの金になればいいと思ったんだと思うが、美代子のほうは、びっくりして、すぐ、小田社長に知らせた。そして、二人は気がついたんだよ。探していたビデオテープは、失踪した森本が質店に預けていたことをだよ。とにかく、青木英太郎が、中身に気づく前に、質札を取り上げる必要がある。そこで、小田は、ダーティなことも引き受けてくれる人間を、金で雇い、東京で、青木を殺して、質札を奪わせた。そのあと、彦根の崎田質店に行って、質札と交換に、質草を手に入れた。しかし、それはニセもので、小田社長や美代子が探していたビデオテープは、見つからなかった」

「そこまでは、私も賛成です。間違いないと思います」

「そうか」

「これから、どうしますか？」

と、歩きながら、亀井が、きいた。

「こうなると、どうしても一度は、N自動車の小田社長に会う必要が、出て来たね」

「さっきの巡査部長の話では、近江舞子に、社長の別荘があるということでしたね。今、小田社長が、近江舞子の別荘に来ているんだったら、そこへ、行ってみようじゃありませんか？」

亀井が、勢い込んで、いった。

二人は、近江八幡駅近くの喫茶店に入り、十津川が、携帯電話で、N自動車の本社にかけた。

受付が、電話に出る。

「ぜひ、小田社長に、お会いして、お聞きしたいことがあるのですが、社長は、今、そちらに、いらっしゃいますか？」

十津川が、きくと、

「今は、おりません。別荘のほうに、行っておりますが」

という言葉が、返ってきた。

「別荘というのは、確か、滋賀県の近江舞子にありましたよね？　そこに行ってらっしゃるということですか？」

「ええ、そうだと思います」

と、受付の女性が、いった。

十津川は、携帯を、しまうと、

「カメさんのいったとおり、小田社長は、今、近江舞子の別荘にいるらしい。さっそく、これから、行ってみようじゃないか」

3

派出所の巡査部長に、教えられたとおり、二人は、近江八幡から、快速電車に乗って、山科まで行き、そこで、湖西線に、乗り換えた。湖西線で山科から近江舞子までは、三十分足らずで、着いてしまう。

湖西線は、ほとんどの区間が、高架になっている。したがって、進行する列車の窓からは、琵琶湖の湖面が、光っているのが、よく見えた。

近江舞子駅も、高架の駅である。

ホームに降りて、階段を降りていくと、降りたところに、道路がある。その道路を渡ったところが、探している小田社長の別荘だった。

平屋和風造りの洒落た別荘で、庭には、テニスコートがあったり、琵琶湖に面して桟橋があり、そこには、大型のクルーザーが、繋留《けいりゅう》されていた。

別荘の入口で、十津川が、インターフォンに向かって、自分が、警視庁の刑事であることを、まず告げた。そうしないと、面会を拒否される恐れが、あったからである。

警視庁の刑事ということが、役に立ったのか、若い、お手伝いという感じの女性が出てきて、中に、案内された。

芝生を敷きつめた、広い中庭があり、その向こうが、琵琶湖になっている。

小田社長は、現在、七十歳を超えているはずだが、歳よりは、かなり若く見えた。日焼けしているのは、クルーザーに乗って、毎日のように、湖に出ているからだろう。

小田社長は、二人を見て、

「お二人とも、警視庁の刑事さんだということですが、何の用があって、ここに来られたのですか？」

「実は、社長に、見ていただきたいテープがあるので、それを、お持ちしたんです」

と、十津川は、いい、

「そこにある、テレビですが、ビデオのプレイヤーは、ついていますか？」

「ついていますが」

小田が、いうと、その、プレイヤーに、十津川は、持ってきたテープを、セットした。

スイッチを入れると、画面に、男女の姿が映し出される。

途中から、小田社長の表情が、明らかに、険しくなってきた。

「もういい」

突然、小田は、大きな声で、叫ぶと、テレビのスイッチを、切ってしまい、

「こんなものを見せて、どうするつもりかね？」

と、十津川を、睨んだ。

十津川のほうは、冷静に、

「ここに映っている二人ですが、男性は、社長さんですよね？　社長さんの、今から二十年ほど前の姿です。女性のほうも、もちろん、ご存じですよね？　森本久司さんの奥さんの、森本美代子さんで、間違いありませんね？」

「こんなものを見せて、私に、いったい、何を要求したいんだ？」

「べつに、何も、要求しませんよ。ただ、認めていただければ、いいんです。繰り返しますが、ここに映っている男性は、二十年ほど前のあなたで、女性のほうは、森本久司の奥さんの美代子さん。それで、間違いありませんね？」

「ああ、そうだ、間違いない」

「このビデオが、撮られた時は、美代子さんは、森本久司さんと、結婚していましたからね。いわば、浮気ということになりますね？」

「浮気を、警視庁の刑事が、取り締まるのかね？」

「そんな気はありませんが、実は、東京で、殺人事件が起きましてね。殺されたのは、青木英太郎という、六十代の男です。この青木英太郎という名前、ご存じありませんか？」

「そんな名前は、知らん」

怒ったような口調で、小田社長が、いった。

「この青木英太郎さんですが、末期の肝臓ガンに、冒されていましてね。治る見込みがなかったんですよ。そこで、青木英太郎さんは、『希望の館』というホスピスに、収容されていました。この青木英太郎さんは、同じく『希望の館』にいた、森本久司さんが病死した時、森本さんの遺品の中から、一枚の質札を、盗み出した可能性があるんですよ。森本さんの故郷である、彦根の街に、崎田という質店が、ありましてね。質札は、その質店のもので、森本久司さんが、その質店に、今、映したテープを、ルイ・ヴィトンのバッグに入れて、預けてあったんです。毎年、利息をまとめて払うから、絶対に、流さないでくれ。自分以外の人間が、取りに来て、たとえ、質札を見せても、絶対に渡さないでくれ。そういっていたのです。その質札を、今いった青木英太郎さんが盗んで、その質札と関係のある人間、たぶん、美代子さんを、電話で強請《ゆす》っていたのではないかと思われる節《ふし》が、あるんですよ。その挙げ句、青木英太郎さんは、何者かに殺されてしまい、彼が持っていたはずの質札は、大事にしていた娘の写真と、消えていました。つまり、青木さんを殺した犯人が、質札を持ち去ったのです。その時、青木さんが持っていた写真も奪っていったにちがいありません」

「その犯人が誰か、君には、分かっているのかね？」

「残念ながら、まだ、分かっていません。その犯人は、十中八、九、男性だと思いますが、その犯人が、奪った質札を持って、彦根にある崎田質店を訪れて、質草を渡してほしいといったんですが、小田さんは、この話を、どこかで、聞いたことが、ありませんか？」

「そんな話、聞いたことはない」

突然、きかれて、小田社長は、戸惑いの表情を隠そうともせず、

「そうですか。しかし、森本久司が質屋に預けたルイ・ヴィトンのバッグの中には、今、お見せしたビデオテープが入っていたんですよ。つまり、自分の奥さんと、N自動車の社長が、浮気をしている現場を、撮ったテープを、質屋に預けていたのです。ひょっとすると、あなたは、ご自分と、森本美代子の二人でいるところを、誰かに、撮られていることに気がついておられたのではないかと、想像しているのですが、違

いますかね？　自分たちのことを、撮っている人間は、森本久司だと思ったんじゃありませんか？　妻が、どんな男と浮気しているのかが知りたくて、彼が、ビデオカメラを持って、奥さんの跡を、追っていたに違いないですから。そして、二人が一緒にいるところを、何日かかかって、テープに、収めたんですよ。そのテープを使って、あなたを、脅すか、強請ろうとしていたに、違いないのですが、いざとなったとき、良心がとがめたのか、実行せず、自分のほうから、失踪してしまったんです。娘のあかりさんが、七歳の時です」

十津川は、ここで少し、間を置いてから、再び、話し始めた。

「ここに、森本久司さんが、二十年前に娘のあかりさんと、一緒に撮った写真があります。これを、ずっと、大事に持っていたんですが、見てください」

そういって、東京から持ってきた写真を、小田社長の前に、置いた。

「こんな写真、私とは、何の関係もないだろう」

小田社長は、いったが、その声は、少しばかり、うわずってきていた。

おそらく、内心、まずいことになりそうだと、思っているのだろう。

十津川は、そんな小田社長には、かまわずに、

「この写真を初めて見た時は、仲のいい父親と娘の写真、そして、七歳の時の写真だ

から、おそらく、七五三の時だろうと、そんなことを、考えたのですが、今になってみると、この娘のあかりさんは、森本さんの本当の娘ではないのかもしれない。つまり、あなたの子供かもしれない。思い当たることは、ありませんか？」

「私とは、関係ない」

「じゃあ、DNA鑑定でもしてみますか。そうすれば、今は、たぶん、二十七歳になっているはずですが、あなたと森本美代子さんとの間に、生まれた子供なのか、それとも、違うのか、すぐに、分かりますからね。どうでしょう、本当のことを、いってくれませんか？　それを聞いても、公表する気は、まったくありませんから、安心して、話してくれませんか？」

十津川は、そういって、相手の顔を、じっと見つめた。

「私の子供じゃない。私には、そんな子供はいない」

「じゃあ、やっぱり、DNA鑑定を、してもらいますか？」

「どうして、私が、そんなことを、しなきゃならんのかね？　私が、違うといっているんだから、それで、いいじゃないか」

「このあかりさんは、まだ独身で、私が聞いたところでは、N自動車の滋賀工場で、OLとして働いているそうじゃありませんか？　そのことは、ご存じなかったのですか？」

「うちには、従業員が、多いからね。一人一人の従業員の名前なんか、とてもじゃないが、覚えられないんだよ」

「このあかりさんですが、前に見た時は、森本久司に、顔が似ているなと思ったんですが、今になってみると、あなたのほうに、より似ていますね」

「つまらないことを、いいなさんな」

「話は変わりますが、びわ湖環状線の車内で、二十代の女性が、殺されましてね。持っていた運転免許証から、最初は森本あかりさんと思われたのですが、これが、ニセもののようなんですよ。似た顔立ちで、似た体つきの女性を、殺しておいて、偽造の運転免許証を、持たせておいた。誰かが、そんなことをしたらしいのですが、小田社長は、どうですか？」

「どうですかって、何がだね？」

「今の話、思い当たること、ありませんか？　誰かから、そんな噂を、聞いたということでもいいのですが、どうでしょう？」

「私は、そんなバカげた噂は、知らないし、聞いたこともない」

だんだん、小田の声が、荒くなっていく。おそらく、それだけ、怒っているということだろう。

「ところで、美代子さんや、娘のあかりさんに、会っていますか？」

十津川が、また話題を変えて、きいた。

「いや、会っていない」

「本当に、会っていないのですか？」

「私が会っていないといったら、会っていないんだ」

「しかし、現在、美代子さんは、実家のある近江八幡に、帰っているし、娘のあかりさんも、そこにいます。今日、近江八幡から、快速列車を使ってここに来たのですが、思った以上に、早く着きますね。本当に、美代子さんとあかりさんが、この社長の別荘に一度も来たことは、ないのですか？」

「ないよ」

「おかしいですね」

「どこが、おかしいんだ？」

「さっきの、ビデオテープですけどね。社長は突然、途中で止めてしまいましたが、後半のほうの部分に、この近江舞子の別荘と思われる場所が、映っているんですよ。あなたと美代子さんが二人で、向こうの桟橋から、クルーザーに乗って、湖に出ていくところも、ちゃんと映っているのです。嘘だと思うのなら、さっきの続きを、テレビに、映してくれませんか？」

「その必要はない」

「じゃあ、認めるんですね？　ここに、美代子さんが、遊びに来たことがあることを」

「ああ、あるよ」

「娘のあかりさんも、母親と一緒に、ここに来たことが、あるんじゃありませんか？」

「ああ、来たことがある。だから、どうだというんだ？　君は今、びわ湖環状線の車内で、あかりの、ニセものが殺されていたというが、はっきりいっておくがね、そんな事件に、私は、まったく関係ないよ。私は、人殺しが、大嫌いなんだ」

小田社長は、大声で、いった。

「美代子さんと、あかりさんが、親子で、この別荘に来たことは、何回くらいあるのですか？」

「そんなことを聞いて、いったい、どうするのかね？」

「殺人事件の捜査を、しているのです。もし、こちらの質問に、答えていただけないのなら、令状を取って、あなたに、署まで、来ていただくことになりますよ」

十津川は、脅した。

「七、八回かな」

投げやりな感じで、小田社長が、いう。

「七、八回も、親子で、この別荘に遊びに来たことがあるとなると、一緒にいた間に、社長は、何かを、感じませんでしたか？　つまり、今、目の前にいるあかりさんは、ひょっとすると、自分の子供ではないのか？　そんなふうに感じたことは、なかったんですか？」

「なかったよ。一度も、なかったよ」

小田社長が、繰り返した。

「弱りましたね。こうなってくると、なおさら、ＤＮＡ鑑定をしていただかないと、後で困ったことになりますから、やっぱり、令状を取りましょう」

十津川は、いった。

小田社長は、黙って、庭に、じっと、目をやっている。

十津川は、自分の携帯を取り出すと、それで、警視庁にいる、上司の三上本部長に、連絡を取った。

わざと、目の前の小田社長に聞こえるように、いつもより、少し、声を大きくして、

「今、近江舞子の、N自動車の小田社長さんの別荘に来ているのですが、事件の捜査がもつれまして、仕方がないので、令状を、取っていただきたいのですよ」

「誰に対する令状なんだ?」

「N自動車の社長、小田啓輔さんへの、召喚状です」

「どうしても、必要なのかね?」

「そうです。絶対に必要です。小田社長、それから、森本久司の奥さん、美代子さん、今年で、二十七歳になるその娘の、あかりさん、この三人を召喚して、DNA鑑定を、行いたいのです」

「つまり、親子関係を調べたいのか?」

「そうです。この三人が、実の親子であることを、私は、どうしても、証明しなければならないのです。それが、証明できれば、今回の殺人事件は、半分以上、解決することに、なりますから」

「よし、分かった。すぐ、令状を取ろう」

三上が、いった。

十津川が、そんな電話をしていると、小田社長が、突然、

「分かった、分かった」

と、大きな声を、出した。

「何が分かったのですか?」

「警視庁まで、召喚されるのは、面倒くさい。どうしたいのかを、いってくれれば、前向きに考えるよ」

「そうですね。社長の髪の毛を、二、三本、いただきたい」

十津川は、いった。

小田社長の、白髪混じりの頭髪を三本、もらった後、今度は、もう一度、近江八幡に、引き返し、旧姓森本、現在の、武部美代子に会うことにした。

ここでも、警察手帳を見せ、半ば脅すようにして、美代子と、娘のあかりから、それぞれの頭髪を、何本か、もらい受け、それを持って、十津川と亀井は、東京に、引き返した。

東京に戻ると、三人の毛髪を、科研《かけん》に預け、DNAから、この三人が、親子であるか、それとも違うかを、鑑定してもらいたいと、十津川は、頼んだ。

翌日には、科研から、回答の電話があった。

科研からの回答は、十津川が、予期したものだった。

「三人の毛髪の、DNAを比較したところ、この三人は、親子関係にありますよ。間違いありません」

科研の技師が、十津川に、教えてくれた。

これで、捜査は、何歩か、先に進んだことになると、十津川は、確信した。

二十年前、いや、もっと、前かもしれない。森本久司は、自分の妻、美代子が浮気をしていることを、知った。相手は、N自動車の小田社長である。

その証拠を、つかもうとして、ビデオカメラを持って、妻の跡をつけた。そして、何日もかかって、二人が、一緒にいるところを、ビデオに撮った。

ビデオに撮った目的は、浮気の証拠を押さえ、小田社長を、脅してやろうと思ったのに違いない。

しかし、根っからの善人の森本久司には、それが、できなかった。そこで、証拠のテープを、ルイ・ヴィトンのバッグに入れて、顔見知りの崎田質店に預け、自分は、失踪した。

その後、妻の美代子は、行方不明の夫との離婚を成立させ、実家に、帰ったが、それからも、小田社長とは、近江舞子の社長の別荘で、何度となく、会っていたらしい。

また、美代子は、娘のあかりを連れて、二人で別荘を訪ねている。わざわざ、娘を連れて、会いに行ったということは、娘の本当の父親が、森本久司ではなくて、N自動車の小田社長であることを、小田社長に、認めさせようと思ったからかもしれない。

一方、「希望の館」では、森本久司が病死した。同室だった青木英太郎は、森本の遺品の中から、質札を盗み出した。

問題の質札を手に入れた青木英太郎は、誰かに、引き換えに、金を要求した。相手は、おそらく、森本久司のかつての妻の美代子か、あるいは、娘のあかりだろう。

びっくりした美代子は、浮気の相手、N自動車の小田社長に、連絡を取った。

美代子が小田社長に、どんな話をしたのかは分からないが、たぶん、私と、私の娘、いや、あなたの娘を守ってください、そんなことを、いったのではないか？

その後は、青木英太郎の相手を、小田社長がしたに違いない。

その挙げ句、青木英太郎は、何者かに、殺されてしまい、森本久司の質札も、なくなっていた。

おそらく、小田社長が、誰かに命じて、青木英太郎を殺し、彼の持っていた質札を、奪い取ったのだ。

そうしておいてから、その男は、彦根に行き、崎田質店を、探し出し、質札を出して、森本久司が預けておいた質草を、返してほしいといった。

ところが、二十年前、森本久司が、質草を預ける時、自分以外の人間には、絶対に、渡さないでほしい。たとえ、質札を持ってきてもと、崎田に、強く頼んであった。

だから、崎田は、律儀に、問題の質草を渡さずに、蔵の奥から、森本久司が預けた物とは違う、まったく別の、ルイ・ヴィトンのバッグを持ってきて、それを渡したのだ。

（どうやら、大詰めが、近づいてきた）

と、十津川は、感じた。

第五章　疑問あり

1

その日、捜査会議で、激論が闘わされた。

「N自動車の小田社長ですが、あらためて考えてみると、私には、彼が殺人を犯したとは、どうしても思えないのです」

十津川が、いうと、本部長の三上は、

「そんなことは、当たり前だろう。大会社の社長が、わざわざ、自分で手を下して、人を殺すわけがない。金を出して、誰かに殺させたに、決まっているんだ」

と、笑った。

十津川は、小さく、手を横に振って、

「いえ、本部長、違うんですよ」

「何が違うんだ？」

「小田社長は、犯人ではないということです。もちろん、自分で、手を下すこともなかったでしょうし、また、金で人を雇って、殺させたということも、なかったと思うのです」

「君のいっている意味が、よく分からんね。やっと見つけた、殺人事件の原因が、小田社長の浮気を証明するテープで、そのビデオテープを撮ったのが、亡くなった森本久司なんだろう？　これは、間違いないんだろう？」

「もちろん、それは、間違いありません」

「それなら、犯人は、小田社長に、決まっているじゃないか？」

「確かに、東京と滋賀県で起きた殺人事件の原因は、死んだ森本久司が、崎田質店に預けておいたビデオテープに、間違いありません」

「やはり、犯人は、小田社長じゃないか？　彼以外の犯人が、どこにいるというのかね？」

「小田社長は、現在、七十一歳です」

「だから？」

「それに、小田社長の奥さんは、すでに五年前に亡くなっていて、現在、独身とわかりました」

「だからといって、昔の浮気の事実が消えることは、ないんじゃないのかね？」

「確かに、本部長のおっしゃるとおりです。しかし、東京と滋賀で起きた、二つの殺人事件は、どちらも、今年になってからです」

「確か、君は、滋賀県に行って、小田社長に、会ってきたんだったな？」

口調を変えて、三上が、きいた。

「亀井刑事と二人で、近江舞子にある、小田社長の別荘に行って、そこで、小田社長に会いました。その結果、小田社長と森本久司のかつての妻、美代子、それから、森本あかりの三人のＤＮＡを調べて、親子関係が、証明されました」

「その時の、小田社長の様子は、どうだったのかね？」

「今も申し上げたように、すでに、小田社長は七十一歳になっていて、奥さんも亡くなっていますから、私と亀井刑事が、訪ねて行って、例の写真を見せても、一応は、びっくりしましたが、それほど深刻には、とらえていないようでした」

「しかし、ＤＮＡの結果が分かったら、びっくりするんじゃないのかね？」

「確かに、驚くかもしれませんが、だからといって、小田社長が、二十年以上も前の浮気を、いまさら、隠そうとして、殺人を犯すとは、考えられないのです。奥さんは、もう亡くなっていて、小田社長は、現在、独身ですから、森本久司の、かつての妻とつき合っていたとしても、誰にも、咎《とが》められません」

「名誉心ですか」

「名誉心というものも、あるんじゃないのかね？」

「そうだよ。小田社長は、なんといっても、N自動車の社長だからね。その社長が、二十年以上前から、浮気をしていた。しかも、相手の女性との間に、娘が生まれている。そんなことが、新聞や雑誌に載ったら、不名誉極まりない。だから、それを、隠そうとして殺人を犯した。そういうことだって、考えられるんじゃないのかね？」

「確かに、名誉ということもあるでしょうが、伝聞ですが、小田社長は、まもなく、社長の椅子を一人息子に譲って、自分は引退する。そういっているそうです。引退すれば、若い時の浮気が、バレたとしても、それほど不名誉なことには、ならないと思うのです」

「君は、さっきから、しきりに、N自動車の小田社長は、殺人事件には、無関係だといっているが、そうだとすると、誰が犯人だと思っているのかね？」

「それが分からなくて、困っています。私も、最初は小田社長が、二十年以上も前の浮気が、バレることを恐れて、男女を、殺した。そう考えたのですが、近江舞子の別荘で会った、小田社長のことを考えると、どうも、彼が殺人を犯しているとは、思えなくなりました。多少は、不名誉でしょうが、そんな昔の浮気のことで、それを、知られそうになったからといって、殺人を犯すとは、とても思えないのです。マスコミに、知られて、新聞や雑誌に書かれたら、今も申し上げたように、さっさと、息子に、社長職を譲って、自分は、引退してしまえばいいんですから。引退した後までも、マスコミが、追いかけてくるとは、とても思えません」

「亀井刑事に、ききたい。君も、十津川君と一緒に、近江舞子の別荘で、小田社長に会っているから、君に、どう思うかをききたいのだが、君も、小田社長が、殺人事件に関係しているとは、思わないのかね？」

三上が、きいた。

「私も、問題の質草が、N自動車の当時五十歳くらいの小田社長と、森本久司の妻、美代子の浮気テープだと、分かった時は、これで事件は、解決したと思いました。しかし、十津川警部のいわれるように、小田社長は、すでに七十一歳ですし、奥さんは、亡くなっていて、現在、独身です。この時点で、二十年以上前の浮気を、咎められたとしても、それほどの、ショックは受けないいんじゃないか？　家庭問題も、起きそうもありませんから、小田社長が、犯人だという説は、消えたんじゃないかと、思っています」

「しかしだね、東京で、森本久司と親しかった青木英太郎という男が殺され、滋賀でも、五個荘の役所の係長だった黒田多恵という女性が、交通事故に見せかけて、殺されている可能性がある。この二つの殺人事件に、小田社長は、まったく関係ないと、思うのかね？」

三上が、いった。

「もう一人、森本あかりのニセものが、びわ湖環状線の車内で、殺されています」

と、十津川が、付け加えた。

「そうだ。殺されているのは三人だ。三人も殺されていることに、小田社長は、まったく、無関係だと思うのかね？」

三上は、あらためて、十津川にきき、亀井を見た。亀井が、遠慮して、黙っているので、十津川が、答える形になった。

「まったく無関係だとは、思っておりません。なにしろ、事件の発端になったかもしれないと思われる質草が、病死した森本久司の妻、美代子と、小田社長との、二十年以上前の浮気現場を撮影したビデオテープなんですから、それに絡んで、とにかく、青木英太郎は、殺された。そう考えます」

「しかし、君は、小田社長が犯人ではない。三人も殺された事件の犯人ではないと、そう思っているのだろう？」

「そうです。今の時点で、小田社長が、三人の男女に対して、殺意を抱いたとは、考えられません」

2

捜査会議が終わってから、十津川は、亀井を誘って、近くの、喫茶店で、コーヒーを飲むことにした。

「今日の三上本部長は、ご機嫌斜めでしたね」

亀井が、笑いながら、いう。

「無理もないさ。私だって、『希望の館』で、病死した森本久司が、大事にしていたものが、質札で、その質草が、自分の妻、美代子と、N自動車社長の小田との浮気のテープだった。それが分かった時には、これで事件が解決したと、思ったからね」

「しかし、警部。あのテープが、事件に関係していることは、間違いないと、私は、思うのですが」

亀井が、運ばれてきたコーヒーをかき回しながら、十津川に、いった。

「その点は、同感だよ」

「こんなことは、考えられませんか？　現在、小田社長は、奥さんを、亡くしていて、いわば独身です。そして、浮気の相手、森本久司の妻、美代子、現在は、実家に帰って、旧姓の、武部美代子になっていますが、二人は、今、結婚することを考えているんじゃないんでしょうか？　もし、二十年以上前からの浮気がバレて、週刊誌に、書かれでもしたら、二人の結婚は、難しくなってしまいます。そこで、関係者を、次々に殺していった。そういうことは、考えられませんか？」

「武部美代子と小田社長は、今も、時々、会っているんじゃないのかね？　あの二人にとっては、べつに、結婚などはしなくてもいいんだよ。奥さんが死んでしまっているから、小田社長は、なんの気兼ねもなく、武部美代子に会えるし、武部美代子にしても、失踪した夫の森本久司との間は、離婚手続きをしていて、すでに旧姓に戻っているからね。誰にはばかることもなく、二人は、会うことができるんだよ。もし、二十年以上前の浮気が、バレたとしても、べつに、結婚しなくてもいいんだ。いつでも、簡単に会えるんだから」

「しかし、三上本部長の、台詞《せりふ》じゃありませんが、三人もの男女が、殺されているんです。それに、警部も、小田社長が事件と無関係だとは思えないと、そういわれましたよね？　そうなると、いったい誰が、三人もの人間を、殺したんでしょうか？」

「殺された三人、その一人一人について、もう一度、検討してみようじゃないか」

十津川は、そういったあと、テーブルの上に灰皿があるのを見て、ほっとしながら、煙草を取り出した。

うまそうに紫煙をくゆらす十津川を見ながら、亀井が、

「いちばん最初に、殺されたのは、滋賀県の五個荘の役所に勤務していた女性係長、黒田多恵です。交通事故に見せかけていますが、間違いなく、私は、殺されたのだと、思っています」

「私も、そう考えているよ。明らかに、『希望の館』の職員、柴田が、森本久司の遺品を持って、滋賀県に行き、森本久司の遺族を探した。そのために、黒田多恵という女性係長は、殺されたのだと、私も、思っている」

「しかし、この女性係長が、殺された時点では、まだ、森本久司が二十年前に、彦根の崎田質店に預けた質草については、何も、分かっていませんでしたし、その質草の中身が、森本の妻と、N自動車社長の小田との浮気の証拠になるビデオテープだとい

うことも、もちろん、誰にも分かっていませんでしたから、なぜ、その時点で、黒田多恵という、役所の女性係長が殺されたのか？　それが、分かりません」

「確かに、その点は、カメさんのいうとおりなんだが、私は、この女性係長が殺されたのは、『希望の館』の柴田圭太が、森本久司の遺品を持って、森本の遺族を探したからだと、考えているんだ。柴田は、五個荘の役所でも、女性係長の黒田多恵に、探してくれるように頼んだ。そのために、黒田多恵は殺されたと、私は思っている」

「同感ですが、この時点で、どうして、黒田多恵が殺されたんでしょうか？　柴田は、五個荘の派出所に寄って、森本久司の遺族のことをきいているし、探してくれと頼んでいます。また、柴田は、近江八幡にも行き、市役所や警察署で、同じことを頼んでいます。彦根でも同じです。しかし、これらの場所では、犠牲者は、出ていません。なぜ、五個荘の黒田多恵だけが、殺されたのでしょうか？」

「それは、黒田多恵が、柴田圭太の話を聞いて、同情して、必死になって、森本久司の遺族を、探したからじゃないだろうか？　そして、何かをつかんだんだよ。だから、殺されたと、私は思うんだがね」

「しかし、警部。この時点では、まだ、問題のビデオテープは、発見されていないんですよ」

「確かに、そうだ」

十津川は、うなずいて、じっと、立ちのぼる煙草の煙に、目をやっていたが、

「今、考えたんだがね。小田社長の二十年以上前の浮気については、何人か、気づいていたんじゃないだろうか？　なにしろ、N自動車は、滋賀県内の、大企業だからね。小田は、その大企業の社長なんだ。誰もが注目している。その小田社長の浮気だから、何人もの人間が、気づいていた。なにしろ、森本久司という、アマチュアカメラマンが、探偵まがいのことをして、小田社長と自分の妻の美代子を、尾行したりして、浮気の現場を、ビデオテープに、しっかりと映したんだ。とすれば、森本久司のほかにも、何人かの人間が、その浮気を知っていたとしても、おかしくはない。その人間たちは、それを内緒にしていた。たぶん、そのほうが、自分たちにとって得だからだろう。彼らにとって、黒田多恵という女性係長が、うるさい存在になってきた。それで、犯人は、黒田多恵の口を封じた。詳しいことは分からないが、そういうことじゃないかと、私は思っている」

「二番目の被害者、青木英太郎のことは、どう思われますか？」

亀井が、きくと、十津川は、

「君は、どう考えるんだ？」

と、逆に、質問した。

「青木は、病死した森本久司と、『希望の館』で同室だったので、森本久司が死んだ後、彼が大事にしていた質札を、奪い取った。これは、間違いないと思うのです。そして、誰かに電話をかけて、強請《ゆす》ったんです。それが、青木が殺された理由だと、私は思いますが」

「それも同感だ」

「問題の質札には、崎田質店という店名は、書いてありましたが、住所も電話番号も書いてありませんでした。そうなると、青木英太郎が、電話で脅迫した相手が、崎田質店だとは考えられません」

「それならば、青木が電話した相手は、N自動車の小田社長か、実家に帰って、旧姓の武部美代子になった、森本久司の元妻のどちらかということに、なってくるね」

「小田社長ということは、まず、考えにくいですね。なにしろ、青木英太郎は、崎田質店の質札は、手に入れたが、その質草が何なのかを、まだ、分かっていないはずですから」

「そうだとすると、残るのは、森本久司のかつての妻、美代子か」

「森本久司と、青木英太郎は、『希望の館』では、同室だったわけですから、郷里に残してきた奥さんや、娘さんのことを、二人で、いろいろと話していたのではないでしょうか？　だから、青木英太郎は、森本久司の奥さんの名前が、美代子だということを、知っていた。また、森本久司は、家が恋しくなった時、自分の家に、電話をかけていたのかもしれません。その時の電話番号を、青木英太郎が覚えていたという可能性も、あります。森本久司の病気が、重くなってから、二十年間別れて暮らしてきた、妻の美代子のところに電話をかけた。それを、たまたま、青木英太郎が、そばで見ていたということも、ありえますから」

「その電話番号を、青木英太郎が覚えていて、電話をかけた。そして、亡くなった森本久司から、大事なものを預かっている。それを買い取ってほしい。そんな電話をしたのかもしれないな。電話を受けた美代子は、慌てて、小田社長に、連絡を取った。二人が、自分たちの二十年以上も前の浮気を、森本久司に、ビデオに撮られていたということに感づいていたとすれば、青木英太郎の電話から、そのテープのことを、連想したのかもしれない」

と、十津川は、いったあと、

「しかし、そんな理由で、小田社長が青木英太郎を殺したということは、ちょっと、考えにくいね。捜査会議の時、そのことで、三上本部長と、いい合ったように」

「森本久司のかつての妻、美代子が、青木英太郎を殺すということも、同じく、考えにくいですね」

「美代子は、犯人じゃないだろう。崎田質店に、問題の質札を持って現れたのは、女性ではなくて、三十代の男性だというからね。その三十代の男が、東京で、青木英太郎を殺して、質札を奪ったんだ」

「青木英太郎が、電話をしていた相手が、森本久司のかつての妻、美代子だということは、まず、間違いないんじゃありませんか？」

「それは、そうだろう。その時点で、小田社長の名前は、青木には、分からなかっただろうからね。唯一、知っていたと、思われるのは、病死した森本久司の妻であった美代子しか、考えられない」

「しかし、警部は、彼女も、青木英太郎を殺したとは、思えないわけでしょう？」

「そのとおりだ。最後は、びわ湖環状線の車内で、殺されていたニセものの森本あかり、今は武部あかりということになってくるが、どうして、そんなニセものを、犯人は、殺したんだろうか？」

十津川が、首をひねった。

「そうですね。五個荘の役所の女性係長、黒田多恵が殺された理由も、なんとなく分かりますし、青木英太郎が、殺された理由も、なんとなく分かります。すべて、同一犯人だとすると、なぜ、森本あかりのニセものを、殺したのか？　それが、少しばかり、不思議ですね。前の二人とは違った展開ですから」

亀井も、考える顔になっていた。

3

十津川は、自分の携帯を取り出して、滋賀県警の佐伯警部に、電話した。

「先日、お世話になった十津川です」

と、いってから、

「びわ湖環状線の車内で殺されていた、ここでは森本あかりと言わせてもらいますが、彼女の、ニセものの、身許は分かりましたか？」

「まだ、完全には分かっていませんが、この女ではないかという該当者は、見つかりました」

「どんな女ですか？」

「彦根駅の前に、小さなバーが、あるんです。場所がいいのか、ママが、美人のせいか、かなり、流行《はや》っているバーなんですが、そこに、あの事件の前日、二十代の女性が、ここで働かせてほしいといって、訪ねてきたんだそうですよ。ちょうど、そのバーでは、二人いたホステスの一人が、辞めてしまったので、ホステス募集の張り紙を出していたそうなんです。少しばかり、おとなしすぎるようだったが、まあ若いし、明日からいらっしゃいなと、ママは、いったそうなんですが、被害者は、その女性じゃないかと、いうわけです。今、店のママが、県警の刑事と二人で、確認に行っていますから、帰ってくれれば、はっきりすると思います」

と、佐伯警部が、いった。

それから、三十分ほどして、今度は、佐伯警部のほうから、十津川の携帯に、電話がかかってきた。

「今、問題の女の身許が、分かりました。さっき、お話しした、彦根駅前の小さなバーのママが話していた女性だったそうです」

「それがですね。名前や住所などは、分かったんですか？」

「それがですね。バーのママの話によると、突然、店に飛び込んできて、明日から働きたいというので、とりあえず、名前と年齢だけをきいて、明日、いらっしゃいといって、帰したそうなんですよ。だから、翌日になれば、履歴書を、出してもらおうと、思っていたそうで、ですから、名前と、年齢しか分かりません。名前は、竹下亜《たけしたあ》樹《き》、二十五歳。この名前が、本名かどうかは、分かりません。しかし、その駅前のバーに、ホステスを、やりたいといって飛び込んできた女性が、翌日、びわ湖環状線の車内で、殺されていた。これだけは間違いないようです」

と、佐伯が、教えてくれた。

電話を切ってから、十津川は、亀井に、今の電話の内容を、話した。

「たぶん、そのバーを出たところで、犯人が、声をかけたのでは、ないだろうか？」

「私も、同じように考えます」

「そうなると、犯人は、前々から、あかりのニセものを、探していたことになってくるね。たまたま、彦根駅の近くを歩いていたら、駅前のバーから、あかりに似た年ごろの若い女性が、出てきた。たぶん、身長なども、あかりに、似ていたんじゃないだろうか。それで、犯人は、すかさず、声をかけた。そのバーで、明日から働くことにしたという女、竹下亜樹に向かって、犯人は、もっといい働き場所があるから、案内するとでもいって、どこかに連れて行ったのか、あるいは、近くに停めてあった車に、連れ込んだのか、そのどちらかは分からないが、翌日、森本あかりに見せかけて、びわ湖環状線の車内で殺し、その犯人に、柴田圭太を、仕立てようとしたんだ。

ニセの運転免許証も、その犯人が、作ったものだろう」

「しかし、犯人は、どうして、この時点で、森本あかりのニセものを、わざわざ仕立てて、びわ湖環状線の車内で殺しておく必要があったのでしょうか？」

「森本久司の家族を探している柴田に、森本あかりは、死んでしまった。そう、思わせたかったんじゃないかね」

「しかし、なぜ、そうする必要があったのか。それが、分かりません」

亀井が、繰り返した。

「問題は、そこだな。何者かが、柴田圭太に、お前の探している森本あかりは、殺されたと思わせたかった。それとも、柴田圭太を、森本あかり殺しの犯人に、仕立てるつもりだったのかもしれないな」

「しかし、ニセものは、ニセものですから、殺された女が、森本あかりではなくて、そのニセものだと、分かってしまいますよね。犯人は、それでも、よかったんでしょうか？」

「確かに、そのとおりだ。森本あかりの本物が生きているとすれば、ニセものの森本あかりが、びわ湖環状線の車内で、殺されたと、新聞やテレビが報道すれば、当然、本物の森本あかりが、名乗り出てきて、殺された女は、ニセものだと分かってしまう」

「そうなると、その時点で、本物のほうは、すでに死んでしまっていたのか？　いや、これは違うな。森本あかりは、生きている」

と、十津川は、自分が口にした疑問を、自分で否定して、

「そうなると、森本あかりが車内で殺されたというニュースが流れても、その時には、本物の森本あかりは、名乗り出られないような状態になっていたということかもしれないな」

「たとえば、誘拐されて、監禁されているはずだったということですか？」

「それも考えられる。あるいは、外国に行っていて、日本の新聞やテレビが、見られない状況にいるはずだったということかもしれない」

「しかし、警部。本物の森本あかりが、誘拐され、監禁されているはずだったとすると、なおさら、ニセものを使って、彼女が死んだことにする必要は、なかったんじゃありませんか？」

「確かに、そうだな。犯人が、森本あかりを、誘拐、監禁していたとすれば、本物のほうを殺して、その死体を、柴田圭太に、見せればいいわけだからね」

「ＤＮＡじゃありませんか？」

ぽつりと、亀井が、いった。

「ＤＮＡ？」

「そうですよ、ＤＮＡです。われわれは、森本あかりが、病死した森本久司の子供ではなくて、小田社長と、森本久司の妻、美代子との間に生まれた子供ではないか？　それが知りたくて、三人のＤＮＡを、調べたんですよ。そして、親子であることが、分かった。そういうことが、分かってしまっては、困るという人間がいて、本物の森本あかりとは、ＤＮＡや、あるいは、血液型の違った女性を見つけ出して、柴田圭太の前で、殺しておく。当然、私たちは、この後、森本久司の残したビデオテープで、二十年前の浮気の事実を知るわけです。そして、森本あかり、二十七歳は、森本久司の娘ではなくて、小田社長と美代子との間に生まれた子供ではないかと、疑って、ＤＮＡを調べますよね？　その時、しばらくの間、そのことが分かっては困ると考えた犯人が、別人を、森本あかりに見せかけて殺した。当然、ＤＮＡは、違うでしょうし、血液型も、違うかもしれない。そうなれば、森本あかり、二十七歳は、浮気の果てに生まれた子供ではなくなってくる。それを、犯人は、狙ったんじゃないでしょうか？」

「カメさんの考えが、当たっているかもしれないな。ただし、ニセの免許証を使ったせいで、すぐに、身許は、分かってしまったがね」

と、十津川が、いった。

十津川は、もう一度、滋賀県警の佐伯警部に、電話をし、

「びわ湖環状線の車内で殺された女性ですが、できたら、血液型も、教えてもらえませんか？　本物の森本あかりと、血液型が、違っているかどうかを、知りたいのです」

と、頼んだ。

この質問に対しては、十分もしないうちに、答えが返ってきた。

「今、ニセものの森本あかり、本名、竹下亜樹ですが、司法解剖が、行われていましてね。もちろん、血液型も、分かりました。Ｂ型です。そして、本物の森本あかりですが、こちらはＡＢ型でした。これでいいですか？」

「どうもありがとうございました。助かりました」

と、十津川は、礼をいった。

4

一週間後に、動きがあった。N自動車社長の小田啓輔が、社長の座を、一人息子の小田啓一《けいいち》に譲って、会長に退いたというニュースが、飛び込んできたのだった。

十津川は、もう一度、近江舞子の別荘に、行って、小田啓輔に会う必要を感じた。

十津川は、亀井と二人、新幹線と、びわ湖環状線の新快速を乗り継いで、近江舞子で、降りた。

駅から歩いてすぐの、問題の別荘に、向かった二人は、その前まで来て、唖然としてしまった。「売ります。FOR　SALE」の張り紙がしてあったからだった。

中を覗いても、ひっそりと、静まり返っている。

十津川は、その「売ります」の文字の下に書かれていた連絡先に、行ってみることにした。

駅前の雑居ビルの中にある不動産屋だった。従業員七、八人の、小さな不動産屋である。

十津川は、警察手帳を見せてから、そこの社長の横山《よこやま》に会った。横山社長は、十津

川の質問に対して、

「確か、二日前でした。N自動車の小田社長、いや、今は、会長になった小田さんから、突然、近江舞子の別荘を売りたい。そういう電話が、かかってきたんです。そこで、私がすぐに、小田会長を訪ねて行きました。そうしたら、自分はもう社長を引退したので、あの別荘も、必要なくなった。だから、売りたい。そういわれたので、別荘の前に、ああいう張り紙をし、また、新聞にも、広告を出したのですよ」

「もう引退したので、あの別荘はいらなくなった。だから、売りたい。本当に、小田会長は、そういったんですね？」

「ええ、そうききました。小田会長は、間違いなく、私に、そういわれたんですよ」

「小田会長は、近江舞子の別荘のほかにも、別荘を、持っているのかな？」

「私が、お聞きしたところでは、ほかにも、まだ二つ、別荘を、お持ちだそうですよ。確か、琵琶湖の北のほうに一軒、それから、南紀白浜に一軒。そう、お聞きしていますが」

「その二軒の別荘のほうも、売りに出しているんですか？」

「それは、ないみたいですよ。私が、もし、ほかに、売りたい別荘がありましたら、うちで扱わせてください。そういったところ、小田会長は、笑って、あと、二軒持っているが、そちらのほうは、まだ売る必要はない。そういわれましたから」

二人は、店を出ると、湖岸まで歩き、遊歩道を、ゆっくりと歩きながら、依然として、疑問に残っていることを、話し始めた。

「小田会長が、慌てて、あの近江舞子の別荘を売りに出したのは、われわれが、訪ねて行ったからでしょうか？」

歩きながら、亀井が、いった。

「おそらく、そうだろうね」

「すると、やはり、あの小田会長は、二十年以上前の浮気のこと、そして、それが、今も続いていることを、気にしていたんでしょうか？　それを、われわれ警察に知られたので、慌てて、二人が、デートに使っていた別荘を、売りに出してしまったんでしょうか？」

二人は、近江舞子から、びわ湖環状線の新快速に乗って、彦根に行き、彦根警察署に、佐伯警部を訪ねた。

彦根警察署には、捜査本部が置かれていて、その壁には、男女一人ずつの似顔絵がかかっていた。

一人は、びわ湖環状線の車内で、殺されていた、ニセものの森本あかりの似顔絵でありもう一人は、男の似顔絵だった。

十津川が、先日の電話のお礼をいい、似顔絵のことを、話題にすると、佐伯は、

「こちらは、『希望の館』の柴田圭太を案内した男の、似顔絵です。三十五、六歳で身長約百八十センチ、やや痩せ型。これは、騙《だま》された柴田圭太の証言によるもので、河村という名前を使っていたそうですが、おそらく、偽名でしょう」

「確か、崎田質店に、質札を持って、森本久司が預けた質草を取りに来た男にも、似ていますね」

「ええ、そのとおりです。おそらく、同一人物だろうと、私は思っています」

と、佐伯が、いった。

「女性のほうですが、電話では、竹下亜樹という名前を、佐伯さんはおっしゃっていましたが、この名前は、間違いないんですか？」

「実は、今日午前十時頃、この被害者の母親という人が、遺体を引き取りに、来ましてね。名前は、竹下亜樹で間違いないということが、判明しました」

「その母親というのは、どこの人ですか？」

亀井が、きいた。

「能登《のと》半島の七尾《ななお》市の生まれです。娘の亜樹は、地元で問題を起こし、一年、刑務所

に入っていたそうです。出所した後、地元では働きにくいので、京都のほうへ、行ってくる。そういって、家を出たそうなんです。おそらく、その足で、彦根の駅前のホステス募集の張り紙を見て、例のバーに入っていったものと思われます」

「運の悪いことに、その時、森本あかりのダミーを探していた犯人に、目をつけられたということのようですね」

十津川が、いうと、佐伯もうなずいて、

「そのとおりだと、思います。おそらく、バーを出た後、すぐに、犯人に誘われて、車に乗ったものと、考えています」

「本物の森本あかりに、話を聞いていますか？」

十津川が、きくと、佐伯は、

「ええ、聞きました。現在も、森本あかり、戸籍上は武部あかりですが、N自動車の滋賀工場で、経理の仕事をやっています。すぐに、会いに行きましたよ。以前、私が、あなたのニセものが、びわ湖環状線の中で殺されていたというと、驚いた顔をしていましたけどね」

「それで、あらためて、亜樹のことを話して、森本あかりは、何か、佐伯さんにいいましたか？」

「それが不思議なことに、何もきかれなかったんですよ」

「何も、質問してこなかったんですか？」

「ええ、そうなんです。当然、こちらとしては、どうして、自分のニセものが、用意されたのかとか、自分と、どんな関係があるのかとか、そんなことを、きかれると思っていたんですけどね。びっくりしたとは、いっていましたけど、質問は、まったく、なかったですね」

と、佐伯が、いった。

「少しばかり、奇妙ですね」

「十津川さんも、そう思われますか？」

「普通、自分のニセものが現れて、しかも、その人物が、殺されたとなれば、いろいろと、知りたくなるじゃありませんか。特に、今回は、その事件を調べている佐伯さんが、会いに行ったんでしょう？　普通なら、いろんなことを質問するだろうと、思いますけどね」

「あまりにも、驚いてしまったので、質問することさえ、忘れてしまったのかもしれませんよ」

佐伯が、善意に解釈して、そんなふうにいった。

「ただただ、びっくりしているという感じでしたか？」

重ねて、十津川が、きいた。

「ええ、私には、そんなふうに、感じられましたけどね」

「おびえたような表情は、していませんでしたか？　普通、自分のニセものが殺されたとなると、なんとなく、怖くなってしまうものですけどね。次は、自分の番じゃないかとか、考えたりしてです」

「いや、そういう感じは、なかったですね」

「ほかに、何か、佐伯さんに、話したことは、ありませんでしたか？」

念を押すように、十津川が、きいた。

「向こうが、ほとんど、質問をしてこないので、私のほうから、いろいろとききました。たとえば、あなたのニセものが出て、ニセの運転免許証を持っていた。その上、殺されていたから、ひょっとすると、犯人は、次に、あなたを襲うかもしれません。だから、注意してください。そういったのですが、森本あかりは、ええ、注意しますと、そう、いっただけでしたね」

「あまり、おびえているような様子は、なかったということですね？」

「ええ、ありませんでしたね」

「ほかに何か、森本あかりと、話したことは、ありませんでしたか？」

亀井が、きいた。

「彼女の母親のことも、聞いてみましたよ。旧姓に戻った武部美代子のことですが、お母さんは、どうしているかと、ききました。私としては、ひょっとして、小田社長と、結婚するのではないかと、思ったんです。小田社長の奥さんは、すでに亡くなっていましたし、武部美代子は、夫の森本久司との離婚が、成立しているわけですからね。二人は、結婚しようと思えば、いつでも、できるわけで、そのことを、きいてみたわけです」

「そうしたら、どんな返事が、ありましたか？」

「母は、小田社長とは、結婚しないと思う。べつに結婚しなくても、自由に会えるんですから。そんな答えを、していましたね」

「やっぱり、そうですか」

十津川が、うなずくと、佐伯は、

「十津川さんも、あの二人は、結婚しないだろうと、思っておられたのですか？」

「そうと断定したわけじゃありませんが、べつに結婚しなくても、いつでも会えるわけですから、むしろ、結婚しないほうが、自由に振る舞えて、いいのではないか？

そんなふうに考えていたので、やっぱりと、思いました。ところで、二人が、よく会っていたという近江舞子の別荘ですが、今日、行ってみたら、売りに出されていて、少しばかり、驚きましたね。佐伯さんも、そのことは、ご存じだったんでしょう？」

「ええ、知っていました」

「小田会長の別荘は、ほかにも、二軒あると聞いたのですが、それは、本当ですか？」

「ええ、本当です。琵琶湖の北の、近江今津というところと、南紀白浜に、一軒ずつ、二軒の別荘を、持っていると、聞いています」

「そうなると、これからは、その琵琶湖の北のほうと、南紀白浜にある別荘で、二人はデートすることになるんでしょうかね？」

「それは、分かりませんが、私の部下が、撮ってきた写真を、お見せしますよ」

佐伯は、そういって、合計二十枚の写真を、机の上に並べて、十津川たちに、見せてくれた。

琵琶湖の北、近江今津の別荘と、南紀白浜の別荘を、それぞれ十枚ずつ、写真に撮ったものだった。

南紀白浜の別荘は、海に向かって突き出した、小さな半島の先端にある、洒落た別荘だったが、琵琶湖の北にある別荘は、やや小さい感じだった。

十津川が、そのことをいうと、佐伯は、

「この琵琶湖の北にある別荘ですが、小田会長は、釣りにだけ使う建物だと、いっているそうですよ。広くてちゃんとした別荘は、南紀白浜にありますから、こちらは、釣りにだけ使う。そういう、別荘だそうです。南紀白浜のほうは、夏になると、時々、小田会長は、泊まり込んで、楽しむそうです」

「この写真を見ると、少しばかり、引っかかりますね。南紀白浜の別荘のほうは、ここから、少し遠いですよね？　それから、琵琶湖の北にある別荘のほうは、小さくて、釣りをする時にだけ行く。そんな感じの別荘なわけでしょう？　そうなると、小田会長が、武部美代子と、デートを楽しむには、どちらも、相応《ふさわ》しくありませんね？　その点、近江舞子の別荘は、琵琶湖に面していて、洒落た造りだし、桟橋には、クルーザーがあって、二人でボート遊びも、できます。なぜ、そのいちばんいい別荘を、小田会長は、売りに出してしまったんでしょうかね？　私だったら、釣りにしか使わないような、近江今津の別荘を、まず初めに、売ってしまいますけどね」

「やはり、近江舞子の別荘のほうは、十津川さんが、訪ねていって、そこで、小田会長に会ったりしたでしょう？　だから、また、同じところに、警察が来たりしたら困るので、売ってしまったのではありませんか？」

と、佐伯が、いった。

「確かに、そういえば、そうですが、売りに出している別荘で、デートをするわけにはいかないでしょうから、二人は、これから、どこで、デートをするんでしょうかね？」

「これは、あくまでも、推測でしかないのですが、小田会長は、社長の椅子を、一人息子に譲って、いわば、引退した形ですから、どこへでも、自由に行けるわけですよ。いつも、使っていた近江舞子の洒落た別荘は、売りに出して、二人で、北海道に行ったり、九州に行ったり、あるいは、沖縄に行ったりして、自由に、会うんじゃないでしょうかね？」

「時には、海外にもですか？」

「そうですね。もともと、小田会長という人は、昔から、旅行好きで知られていますから、社長をやめたら、それこそ、気ままに、武部美代子とどこへでも、旅行するつもりなんじゃないでしょうかね」

「しかし、どうも、引っかかりますね」

「どうしてですか？」

「今回の事件では、東京で、青木英太郎、滋賀では、五個荘の役所で働いていた黒田多恵、そして、びわ湖環状線の列車の中で、竹下亜樹という、二十五歳の女性が殺されました。一方、滋賀県内で、容疑者と思われる人間が、三人、見つかっています。N自動車の小田会長、東京で病死した森本久司のかつての妻で現在、旧姓に戻っている武部美代子、そして、二人の間に生まれたと思われる、娘のあかり、二十七歳。私としては、殺された三人と、容疑者の三人の中の一人との間には、何か、激しい葛藤《かっとう》があって、その挙げ句に、犯人が、東京と滋賀県の男女三人を、殺してしまった。そんなふうに考えましたが、この容疑者三人ですが、どう考えても、被害者、青木英太郎、黒田多恵、そして、森本あかりのニセものを演じさせられた、竹下亜樹との間に、葛藤らしいものは、見えてこないんですよ。いちばんの本命は、N自動車の、小田会長なんですが、数年前に、奥さんを亡くして、現在は独身で、いわば、自由を謳《おう》歌《か》している。今は自由に、二十年前の浮気の相手、森本久司の元妻、武部美代子と、いくらデートしようが、結婚しようが、それを、咎める人は、誰も、いないわけですよ。そうなれば、どうしたって、犯人の可能性は、小さくなっていきます」

その日、十津川と亀井は、近くのホテルに、泊まることにした。もう一日、延ばして、五個荘の役所の女性係長、黒田多恵のこと、あるいは、森本あかりのニセものを演じた竹下亜樹のことを、もっと調べてみたいと、思ったからだった。

その日の夜半になって、十津川は、電話で起こされた。

「県警の佐伯です」

と、相手が、いった。

「また、何か、事件でも、あったんですか?」

「今、琵琶湖の北にある、近江今津の小田会長の別荘が、燃えているという知らせが、入ったのです。これから、私は、現地に急行しますので、何か、分かったら、お知らせしますよ」

と、佐伯警部が、いった。

第六章　事件の余波

1

佐伯警部が現場に着いた時、すでに、火は消えていた。

湖畔に建っていた、木造の別荘は、二、三本の柱だけを残して、完全に、燃え落ちていた。近くには、消防車が三台、パトカーが一台、停まっていた。

パトカーの傍《かたわら》にいた所轄署の刑事に、話を聞くと、

「家の中の男女二人が、救急車で運ばれました」

という。

「その二人の名前は、分かっているのかね？」

「男性のほうは、この別荘の持ち主のN自動車会長の小田啓輔、七十一歳と分かって

いますが、女性のほうは、まだ、分かっていません。五十代と思われる女性です」

「その女性だが、小田啓輔の愛人の、森本美代子、現在は、武部美代子だが、その女性ではないのか？」

「そうかもしれませんが、はっきりしたことは、分かりません」

「二人が運ばれた病院は、もちろん、分かっているんだろう？」

「ええ、分かっています」

「それなら、すぐに、病院に行って、その点を、確認して来てくれ」

「今、救急車と一緒に、パトカーも一台、病院に、向かっていますから、まもなく、報告があるものと思われます」

と、刑事が、いった。

佐伯は、消防車に乗っていた消防隊員からも、話を聞くことにした。

「どんな火事だったんですか？」

自分でも、少しばかり妙な質問だとは思ったが、こちらは殺人事件が絡んでいるので、そう、聞くより、仕方がない。

「詳しいことは、調査中ですが、ひと言でいえば、不審火《ふしんび》ですね」

と、隊員が、いった。

「火事が起きた時は、午後の十時を、少し回っていました。すでに、夕食を終わって、キッチンの火は、消えていたようでした。この別荘には暖炉があって、寒い時には、それに、火をつけるのですが、この季節ですから、暖炉をつけていませんでした。それだけは、はっきりしています。それなのに、火災が起きているのですから、不審火といっても、いいすぎではないと思いますが、詳しいことは、調査中ですので、断定は、できません」

「今夜、この別荘には、持ち主の小田啓輔さんと、女性が一人、おそらく、武部美代子さんだと、思われるのですが、この二人だけが、いたわけですね？」

「ええ、そうです。私たちも、そのように、聞いています」

「二人の様子は、どうだったんですか？　救出されてすぐ、救急車で、運ばれたと聞きましたが」

「私たちが現場に着いた時、別荘は、すでに大量の炎と煙に、包まれていましたね。その煙の中から、パジャマ姿の男が、逃げ出してきて、建物の中には、まだ彼女がいるから助けてくれと、そういうんですよ。それで、われわれが、火の中に飛び込んで、彼女を、助け出したんですが、その女性も、ネグリジェ姿でした。顔に火傷《やけど》をしていて、どうやら、煙を吸い込んだらしく、ひどく咳《せ》き込んで、危険な状態だったので、すぐに二人を、救急車で、近くの病院に運びました」

十五、六分ほどして、二人が運ばれた病院から、電話が入った。

その電話を、所轄の刑事が受けて、それを、佐伯警部に伝えた。

「病院からの、報告によりますと、女性のほうは、残念ながら助からず、今、亡くなったそうです」

「女性の名前は？」

と、性急に、佐伯が、きく。

「名前は武部美代子だそうです」

「やっぱりな。男のほうは、どうなんだ？」

「男性は助かったと、いっています。名前は、この別荘の持ち主、小田啓輔、七十一歳だそうです」

「二人のほかには、被害者は、いないんだな？」

確かめるように、佐伯が、きいた。

その時、佐伯は、美代子の娘、あかりのことを、考えていた。

「ええ、被害者は、その二名だけです」

所轄の刑事が、いった。

佐伯は、自分の乗ってきたパトカーで、その病院に、向かった。

救急病院にも、所轄の刑事がいた。電話をしてきた刑事である。

「運ばれた二人のうち、武部美代子のほうは、亡くなったそうだな？」

「ええ、そうです。運ばれてきた時、すでに、死亡していました」

「司法解剖を頼め」

と、佐伯が、いった。

「その必要が、ありますか？」

「火事の犠牲になった彼女と、助かった小田啓輔の周辺で、すでに、何人かの人間が、死んでいるんだ。それに、今回の火事は、不審火だというじゃないか？　だから、司法解剖が必要なんだ」

佐伯が、大声で、いった。

佐伯は、その後、二人の診断をした江崎《えざき》という医師に、会った。

「こちらの病院に運ばれてきた時、すでに、武部美代子さんは、死亡していたそうですね？」

「そうです。手遅れでした。死因は、一酸化炭素中毒です」

「それは、煙を、大量に吸い込んだためですか？」

「ええ、そうだと思います」

「男性のほうは、煙を、あまり吸っていなかったんですか？」

「そうでしょうね。こちらに、来てから、少々咳き込んでいましたけど、私が見たところ、命に、別状はありません。二、三日も静養すれば、元どおりの体に、戻ると思います」

「それでは、助かった小田啓輔さんに、話を聞けますか？」

「それは、ちょっと、待ってくれませんか？　今もいったように、体の回復は、早いとは思いますが、精神的に、参っているようです。なにしろ、一緒にいた女性が、亡くなっているのですから、無理もないと思いますが」

医者が、いった。

「後から、正式な要請があると思いますが、警察としては、亡くなった武部美代子さんの、司法解剖をお願いしたいと、考えています」

「一緒にいた男性は、それを、承知しますかね？」

「承知させますよ」

強い口調で、佐伯は、いった。

すぐには、小田啓輔に、話を聞くのは無理だといわれたので、佐伯は、待つことにしたが、その間に、携帯を使って、彦根にいる十津川に、電話をした。

「近江今津の小田会長の別荘で起きた、火事のことですが」

と、いうと、十津川が、

「誰か、死にましたか？」

と、いきなり、きいた。

「武部美代子が、亡くなりました。煙を大量に吸ったことによる一酸化炭素中毒だと、思われます。この別荘の持ち主の小田会長が、彼女と一緒にいたのですが、こちらは、多少の煙を、吸い込んだものの、命に別状はなく、助かっています。私は今、病院にいますが、小田会長の回復を待って、話を聞こうと思っています」

「その火事ですが、何か、不審な点が、あるのですか？」

「消火にあたった消防隊員は、不審火だといっています」

「そうですか、不審火ですか」

「ええ。不審火です。別荘では、すでに、夕食が終わって、キッチンの火も、消えていました。別荘には、暖炉が、設けられているのですが、使っていなかったそうです。それなのに、火災が、起きたわけですから、消防が不審火だというのも、無理はないのです」

「別荘には、森本あかりは、いなかったのですか？」

「幸い、いなかったようです」

「また一人、死んだわけですね」

「ええ、そうですね。これで、また一人、死にました」

と、佐伯は、いってから、

「今、看護師長が顔を出して、小田会長と、話をすることができるというので、これから会ってきます」

2

小田会長は、病院三階の病室にいた。個室である。

小田は、ベッドの上に、起き上がって、佐伯を迎えた。

「何と申し上げたらいいのか。連れの女性が亡くなられているので、助かってよかったですねとは、いえませんね」

と、佐伯が、いった。

「彼女が死んだことは、もうすでに、知っています。私の責任です」

小田が、いった。

「火事について、消防隊員に聞いたのですが、火の気がないのに、火事になった。そういっていますが」

「ええ、そうなんですよ。夕食もすんだし、暖炉も使っていませんでした。それなのに火災になって、あっという間に、炎に包まれましてね。私は慌てて、別荘の外に、逃げたのですが、彼女が逃げ遅れて、まだ中にいることを、思い出して、あとから、やってきた消防隊員に、彼女を助けてほしいといったのです。消防隊員が、火の中に飛び込み、彼女を救い出してくれて、そのまま救急車で運ばれたのですが、残念ながら、彼女は助からずに、死んでしまいました。本当に、私の責任です」

「お二人で、リビングルームに、いらっしゃったのですか？」

「ええ、そうですが、彼女が、喉が渇いたというので、私がキッチンに、シャンパンとワインを、取りに行ったんです。私はシャンパンが好きだし、彼女は、ワインが好きでしたからね。それを持って、戻ろうとした時、リビングルームのほうで、突然、火災が起きたのです。あっという間に、炎に包まれてしまって、リビングルームに行こうとしても、行けませんでした」

「どんな様子の火事だったんですか？　その時、リビングルームには、火の気がなかったわけでしょう？」

「そうです。さっきもいったように、寒い季節なら、リビングルームの暖炉に、火をつけるのですが、今は、火をつけていません」

「部屋の中に、何か、燃えるようなものは、あったんですか？」

「冬に備えて、灯油と石炭を用意していますが、置いてあったのは玄関です。リビングの隣です」

「お二人が、今日、近江今津の別荘にいることは、ほかに、どなたか、ご存じでしたか？」

「今日、あの別荘に泊まることは、誰にもいっていませんでした。しかし、息子夫婦は、私がいなければ、近江今津の別荘に行ったと思うでしょうね。近江舞子のほうは、売りに出してしまっていますから」

「森本美代子さん、いや、現在は、武部美代子さんですが、会長が、彼女を、別荘に誘われたわけですか？」

「いいえ、誘ったというのは、正確ないい方じゃありませんね。彼女と電話で話した時、今日、近江今津の別荘に行くと、話しただけなんです。そうしたら、夕方、やって来ましてね。夕食は、彼女が作ってくれました。その後、今もいったように、リビングルームで、シャンパンか、ワインを、飲もうとしてキッチンに入ったら、突然、火事になったんです。何が、火事の原因なのか、私には、まったく分かりません」

「武部美代子さんは、娘のあかりさんに、あの別荘に行くと、話していたと思われますか？」

「それは、親子ですからね。おそらく、話していたと思います」

「火災が発生した時、会長が、一一九番したんですか？」

「そんな余裕は、ありませんでした。突然、火に包まれてしまいましたからね。慌てて、火災報知機を、押すのが精一杯でした。それで、消防車が、来てくれたんだと思っています」

「こんな時に、非常識だと思われるかもしれませんが」

佐伯が、恐縮しながら、小田会長に、いった。

「何ですか？　どんなことをいわれても、かまいませんよ」

「近江舞子の別荘を売りに出されましたね？　向こうのほうが、大きいし、便利なんじゃありませんか？」

「誰にもいっていることですが、私は、まもなく、会長も引退するつもりです。引退して、会社を離れた人間が、いくつも、別荘を持っている必要は、ありません。ですから、贅沢な近江舞子の別荘のほうは、売りに出したんですよ。今津の別荘は、確かにやや小さいですが、必要なものは揃っていますし、釣りをするためには、むしろ、こちらの、別荘のほうがいいんですよ。その別荘が、火事になってしまうんですからね。皮肉というより、仕方がありませんよ」

小田は、苦笑した。

小田会長が、少し疲れたというので、佐伯は、話をやめて、病室を出た。

3

翌日の新聞、テレビが、この火災を報道した。

当然、東京の警視庁でも、関心が、高まった。十津川たちも、緊急に帰京した。

その日の捜査会議で、この火事のことが、問題になった。

「向こうの警察と消防の両者が、現在、火災の原因を、調べていますが、今のところ、火の気のなかったリビングルームから、火災が発生しているので、放火の可能性もあるということです」

十津川は、三上本部長に、説明した。

「放火とすれば、殺人の可能性も、出てくるんじゃないのかね？」

三上が、いう。

「そのとおりです。煙を大量に吸って、亡くなった武部美代子、かつては、森本美代子ですが、確かに、部長のいわれるように、彼女は、殺された可能性があります」

「容疑者第一号は、出火当時、その別荘に、一緒にいた、小田会長ということになってくるね？」

「確かに、そうなりますが、小田会長が犯人だとすると、なぜ、自分が疑われるような場所で、彼女を、殺したかということになってきます」

「ほかに、容疑者は、いるのかね？」

「小田会長の息子夫婦がいます。それに、美代子の娘の、あかりも、容疑者の一人といっても、いいんじゃないかと思いますね」

「彼らが犯人だとすると、その動機は、何なのかね？」

「まず、N自動車で、現在、社長をやっている小田啓一、四十歳ですが、会長の父親が死ねば、すぐに、莫大な遺産が、転がり込んできます。もし、父親の死を狙って、放火したとすれば、動機は、そのことということになりますね」

「父親の愛人である武部美代子を殺す動機は？　つまり、もし、小田啓一が犯人だとして、狙ったのが、父親ではなくて、武部美代子か、それとも、その二人だとすると、動機は、どういうことになるのかということなんだが、君は、どう考えているんだ？」

「おそらく、財産でしょう。父親が死んだ後の財産です」

「しかし、父親の小田会長も、武部美代子も、結婚はしないと、いっていたんじゃないのかね？　今のままで、つき合っていくといっていたなら、財産を目的に、小田啓一が、武部美代子を狙う必要は、ないんじゃないのかね？」

「確かに、二人は、結婚せずに、このままつき合っていくと、いっていましたが、いつ、気が変わるか、わかりません。気が変わって、父親と美代子が、結婚してしまった後で、父親が死ねば、遺産の半分は、息子のところには、行かずに、妻の美代子のものに、なってしまいます。それを心配して、殺そうと思ったのかもしれません」

「それでは、もう一人の、あかりが犯人だとすると、どういう動機が、考えられるのかね？」

「あかりは、母親の浮気が原因で、できた子供です。もし、そのことに、あかりが、ずっと長い間、腹を立てていたとすると、浮気者の母親と、浮気相手の小田会長を、同時に狙って、別荘に火をつけたということも、考えられないことではありません」

「当事者の小田会長が、犯人だとすると、美代子を殺す動機は、何だと、思うんだ？」

「なにしろ、二十年来のつき合いですからね。小田会長が、美代子に、飽きたのか、それとも、関係が、うるさくなったのか、まあ、そんなところでは、ないでしょうか？」

「司法解剖の結果は、今日中に、出るんだったね？」

「佐伯警部は、今日中に、結果が出ると、いっていました。それから、消防の捜査のほうも、今日中に、結論が出るようです」

「それでは、その結論を待って、こちらの態度を決めようじゃないか」

と、三上が、いった。

司法解剖の結果は、夜半になってから、佐伯警部が、知らせてきた。

「司法解剖の結果、亡くなった武部美代子の胃の中から、少量ですが、睡眠薬が、検出されたそうです。死因は、やはり、煙を大量に吸ったための一酸化炭素中毒でした。体には、火傷の跡は、何ヵ所かありましたが、ほかには、外傷はありませんでした」

「少量でも、睡眠薬が検出されたというのは、気になりますね」

と、十津川が、いった。

「ええ、同感です。小田の証言とは違って、おそらく、夕食の後、美代子は、睡眠薬を飲んだか、あるいは飲まされたのかは分かりませんが、しばらく、寝ていたのかもしれません。そして、気づいた時には、周囲はすでに、炎に包まれていた。もし、そうだとすれば、これは、明らかに、殺人です」

「彼女は、以前から、睡眠薬を常用していたのですか？」

「彼女の家族や、娘のあかりから聞いたところでは、睡眠薬を、常用していたという事実は、ありませんね。関係者の話から、そうした事実は、出てきませんでした」

「とすると、昨日だけ、自分から、睡眠薬を飲んだか、あるいは、何かに混ぜて、小田会長から、飲まされたということになってきますね」

「そうですね」

「小田会長のほうは、いつも、睡眠薬を持っているんですか？」

「七十一歳で、今も、大会社のN自動車の会長をやっていますから、精神的に、いろいろな苦労があるようです。それで、医者から、時々、睡眠薬をもらって、飲んでいたといわれています」

「美代子の胃の中に、少量残っていたという睡眠薬ですが、その種類は、分かりますか？」

十津川が、きくと、佐伯は、

「ハルシオンです」

「小田会長が、医者から処方されて、時々、飲んでいたという睡眠薬は？」

「それも、ハルシオンです。医者から、服用しても、癖にならない睡眠薬ということで、ハルシオンを、処方されていたようです」

「そうなると、死んだ美代子は、小田会長から、ハルシオンを飲まされた可能性が、強くなってきますね」

「確かにそうですが、はっきりとした証拠は、ありません」

「それから、火災の原因は、分かったのですか？」

「今日、火災現場を調べた消防のほうから、連絡がありました」

「やはり、火の元は、リビングルームですか？」

「いや、リビングルームではなく、その隣の、玄関だそうです。玄関はかなり広くて、そこには、灯油入りの缶が、五缶置かれており、土間には、ストーブ用の石炭が、しまわれていたそうです。そこから火事が起きたので、まず、大量の灯油に引火し、そのために、あっという間に、火が燃え広がったのだろうと、消防は、説明しています」

「玄関が火元だとすると、小田会長と美代子のほかに、誰かが、玄関から忍び込んで、火をつけたということも、考えられますね」

「確かに、そういうことも、考えられます。この別荘は、木造で、しかも、かなり古くなっていますから、玄関から、鍵を壊して侵入するのは、それほど、難しいことではないと思われます」

「そうなると、小田会長の息子夫婦、あるいは、森本あかりが、犯人である可能性も、出てきますね」

「そのとおりです。ですから、これから、小田啓一夫妻や、美代子の娘、あかりのアリバイを調べてみようと考えています」

と、佐伯が、いった。

4

十津川は、黒板に、今までに、亡くなった男女の名前を、横に並べて、書いていった。

森本久司（病死）
青木英太郎（森本久司の仲間）
黒田多恵（五個荘の役所の女性係長）
竹下亜樹（森本あかりのダミー）
武部（森本）美代子

十津川と亀井は、二人で、そこに書いた五人の名前を、じっと見つめた。

「『希望の館』という施設で、収容されていた森本久司が病死した。おそらく、二十年間、故郷に帰らず、家族にも、ろくに連絡をせずに、東京でホームレス生活を送っていた男だ。その男が亡くなって、そこから、突然、波紋が生まれて、四人の男女が、殺されてしまったんだ。黒田多恵と武部美代子は、事故や火災で、死んだように見せかけられているが、私は、殺されたのだと思っている」

「不思議なものですね」

と、亀井が、いう。

「森本久司が、もし、ホームレスのまま、死んでいれば、どこの誰とも分からずに、そのまま、無縁仏として荼毘に付されてしまい、その後、四人もの人間が死ぬこともなかったと思います。それがたまたま、『希望の館』で死を迎え、そこの親切な職員が、善意から、家族を探して、遺品を届けようとした。そのために、四人もの人間が、殺されてしまった。善意も、時には、人を殺すんですね」

「別のいい方をすれば、善意が、隠されていた秘密を、暴露したともいえるね」

と、十津川が、いい直した。

「もう一度、殺されたこの四人について、考えてみますか?」

という亀井に向かって、十津川は、

「それよりも、カメさん、明日、もう一度、滋賀に行ってみないかね? 殺人現場に、実際に行って、そこで、考えれば、何か、解決の糸口が見つかるかもしれないよ。それに、滋賀県警の佐伯警部にも会って、もっと詳しい話を、聞いてみたいんだ」

と、いった。

翌日、十津川は、亀井と二人、新幹線で彦根に向かった。彦根警察署には、捜査本部が置かれて、佐伯警部も、そこにいるはずだったからである。

彦根警察署の応接室で、二人は、佐伯に会った。

若い女性警官が、二人に、コーヒーを淹れてくれた。

「亀井刑事が、いっていますが、善意が、時には恐ろしい結果をもたらすという、その典型的な、事件ではありませんか？」

十津川が、いうと、佐伯は、うなずいて、

「確かに、そうですね。『希望の館』の若い柴田という職員が、善意から、森本久司の家族を探したり、遺品を届けようとしなければ、一連の殺人事件は、起きなかったと思います」

「しかし、起きてしまった」

「ええ、そうです。ただ、私が、小田会長や、森本美代子、あかりの、母娘に会って、いろいろと話をしていると、柴田という、青年の善意がなくても、今回の森本美代子殺しは、起きていたような気がします。それに、新快速の車内で殺された女性の件もです」

と、佐伯は、いった。

「武部美代子の件ですが、こちらでは、殺人と断定したわけですか？」

あらためて、十津川が、きいた。

「まだ、断定は、していません。マスコミには、殺人の疑いがあるとだけ、発表しました。まだ、例のハルシオンという睡眠薬を、美代子が、自分から飲んだのか、それとも、誰かに飲まされたのかも、分かりませんし、もし、これが殺人だとすると、犯人はいったい誰なのか？　その答えも、まだ出ていませんから」

「火元は、リビングではなくて、玄関のほうだということですね？」

亀井が、そういうと、佐伯は、問題の別荘の間取りを書いた図面を、テーブルの上に広げた。

「木造の古い家屋で、この真ん中の二十四畳が、リビングルームです。そして、廊下を隔てた、この奥のほうに、キッチンがあります。小田会長の証言によれば、二人は、くつろいだ格好で、リビングルームにいた。そうしたら、美代子が、喉が渇いたというので、キッチンに行って、ワインとシャンパンを持って、リビングルームに戻ろうとした瞬間、猛烈な勢いで、火が燃え上がったと、証言しているのです。このリビングルームの隣が、広い玄関です。広いために、いつもそこに、灯油の入った缶を五缶、それから、暖炉用の石炭を一袋、置いていたそうです。それに火がついたので、一気に燃え広がったと、消防は見ています」

「玄関の鍵は、それほど、頑丈なものではなかったそうですね？」

「玄関は、木製の引き戸で、鍵も一ヵ所にしか、ついていませんでした」

「とすると、外部から、侵入して火をつけるのは、それほど、難しいことではなかったということですね？」

「そうです」

「そうなると、放火としても、犯人は、特定できなくなる」

「そうですね。玄関の鍵が頑丈で、誰にも簡単に開けられなかったとなれば、容疑者第一号は、当然のことながら、小田会長ということになりますが、ドアが簡単に開けられたとすれば、外部からの侵入者説も、成立しますから」

と、佐伯が、いった。

「ところで、小田会長は、今は、どうしていますか？」

十津川が、きいた。

「かなり参っているのではないかという噂ですが、それを証明するように、来月一日には、正式に、自分は、引退すると決めたように、聞いています」

「母親に死なれた森本あかりのほうは、どうしていますか？」

「私が、母親の死を、彼女に告げに行ったのですが、さすがに、参ったような顔をしていましたね。こんな死に方ですから、今日、身内だけの葬式を、済ませるようです。大がかりな告別式は、やらないようです」

「ほかの二つの事件は、何か進展がありましたか？　五個荘の役所の係長で、黒田多恵という女性がいましたよね？　第一は、あの事件ですが」

「これといった進展は、ありません。自動車事故ということになっていますが、もちろん、私たちは、殺人の可能性が、かなり大きいと思っています。それで今、いろいろと調べているのですが、容疑者は、いまだに、浮かんできていません」

「新快速の車内で殺された女性、この件はどうですか？」

「森本あかりに、見せかけて殺された竹下亜樹ですが、容疑者は、今のところ、一人に絞られています。『希望の館』の柴田圭太を案内した男です。一応、河村と、名乗っていますが、たぶん、偽名でしょう。この男が、彦根の崎田質店に、質札を持って現れた男と、同一人物だと、考えています」

「その男のことは、私たちも注目しています」

「三十代の男で、身長百八十センチ、痩せ型ということは、分かっていますが、まだ、特定の人物は、浮かんできていません」

「その男が、東京で、青木英太郎を殺したのではないかと、われわれは、考えているのですが、動機は、分かりますか？」

と、十津川が、きいた。

「おそらく、誰かのために、殺しを引き受けているんだとは思いますね」

「小田会長の息子、小田啓一ですか？　彼が、その誰かだということは、あり得ませんか？」

「分かりません。崎田質店に来た男については、質屋の人間が、顔を見ていますが、小田啓一とは、まったく違う男だったと、はっきりと証言しています。小田啓一が、この三人を殺そうと考えても、大企業の経営者の息子ですから、自分ではやらないでしょう。いちばん信頼の置ける人間にやらせるか、あるいは、大金を使って、人間を雇うか、どちらかだろうと、私たちは、考えています」

と、佐伯が、いった。

5

この後、十津川たちは、佐伯警部に、案内されて、近江今津に、行った。

駅から歩いて七、八分も行くと、琵琶湖に面して、無惨な焼け跡が、広がっていた。

「これは、完全に、焼けてしまっていますね」

感心したように、十津川が、いった。

「なにしろ、古い木造家屋ですし、大量の灯油と、石炭があったわけですから、燃えるのは、簡単だったと思いますね」

「小田会長は、美代子を、自分のほうから誘ったわけではないと、いっているそうですね？」

「そうです。これから、近江今津の別荘に行くといったら、彼女が勝手にやって来たと、小田会長は、いっています」

「その言葉は、本当ですかね？　信じられますか？」

十津川が、疑うようにいうと、佐伯は、笑って、

「いや、私だって、頭から信じたわけではありませんよ。なにしろ、美代子のほうは死んでしまっているわけですから、小田会長が何をいっても、違うと反論する人間は、いませんから」

「ということは、彼が、強引に誘ったのかもしれないわけですね？」

「ええ、そうです。強引に誘ったか、あるいは、あの別荘に、彼女が、来るように仕向けたのかもしれません。小田会長が、犯人ならば、そういうことになってくると思いますね」

「夕食をすませた後で、火事になったと聞きましたが」

「火災の発生は十時七、八分だと、いいますから、間違いなく、夕食が終わった後ですね。小田会長に会って、聞いたところでは、八時くらいに夕食を終わって、キッチンの火は、消した。その後、二人でくつろいで、寝巻きになり、しばらくリビングルームにいた。そうしたら、彼女が、喉が渇いたといい出したので、小田会長がキッチンに行って、ワインとシャンパンを持って、戻ろうとした途端に、火事になった。そういっています。しかし、これも、証拠がありませんから、そのとおりかもしれませんし、そうでないかもしれません」

「火事があって、助け出された時、小田会長はパジャマ姿で、亡くなった美代子は、ネグリジェ姿だったそうですね。リビングルームで、酒を楽しんだ後、そのまま、寝室に行くつもりだったんじゃないでしょうか？　二人とも、酒は、好きだったんですか？」

「小田会長も美代子も、酒は、かなり強かったようですから、寝る前に、飲みたかったというのも、分かりますがね」

「そうなると、夕食の時にも、食卓には、ワインか、シャンパンが、出ていたということも、考えられますね？」

「ええ、そのとおりです」

「そうなると、そのシャンパンか、ワインの中に、睡眠薬のハルシオンが、混入されていたということも、考えられるんじゃありませんか？」

「もし、小田会長が、犯人だとすると、今、十津川さんが、いわれたように、夕食の時に飲んだワインか、シャンパンの中に、ハルシオンを、入れたということは、十分に考えられます」

「そうなると、小田会長の証言は、信用できなくなりますね。彼が夕食の時に、ハルシオンを飲ませたとすれば、リビングルームに移ってから、美代子は、すぐに眠ってしまったと思いますから、彼女が、喉が渇いたといったので、キッチンに行って、シャンパンとワインを用意したという、小田会長の話は、疑わしくなりますから」

と、十津川が、いった。

「そうですね」

「長くつき合ってきて、小田会長は、美代子の存在が煙たくなってきたんじゃありませんかね？　結婚はしないというようなことを、いってはいますが、その言葉とは違って、美代子から、結婚を迫られて、小田会長は、困っていた。そこで、美代子を、殺してしまった。そういうことかもしれませんよ」

十津川が、いうと、佐伯は、

「確か、十津川さんは、近江舞子の別荘で、小田会長に、会われたんでしたね。その時の様子は、どうでしたか？　小田会長が、美代子を、持て余しているように、見えましたか？」

「小田会長は、すでに、七十一歳ですからね。若者みたいに、美代子のことを、熱っぽく愛しているようには、もちろん、見えませんでした。だからといって、嫌っているようにも、見えませんでした。まあ、どちらかといえば、二人の関係を楽しんでいるように、見えましたがね」

十津川が、答えると、佐伯は、難しい顔になって、

「小田会長が、犯人だとすると、十津川さんが会われた後で、急に、殺す動機が生まれてきたことになりますね」

「同感です。なにしろ、二十年以上もつき合っているんだから、飽きることだってあるでしょうし、結婚をするつもりはないと、二人とも、いっていますが、何かの理由で、急に、美代子のほうが、結婚を迫って、それで、急に小田会長が、彼女を殺そうと思ったのかもしれません」

「その辺が、難しいと思っているんですよ。もし、小田会長ならば、急な心境の変化

でしょうからね。しかし、それを、確認する方法がないんですよ」

「私も、もう一度、小田会長に会いたいし、また、新しく社長になった息子さんにも、会ってみたいと思いますが」

「それなら明日、私が、会社のほうに、ご案内しますよ」

と、佐伯が、いってくれた。

6

翌日、十津川は、N自動車の会長室で、退院した小田啓輔に会った。今はまだ小田啓輔が会長だが、一週間後には、息子の啓一に、この会社を、すべて任せることになる。

「寂しくは、ありませんか？」

十津川が、きくと、小田会長は、笑って、

「ここに来て、つくづく、歳を感じるんですよ。昔のように、てきぱきと、指示もできませんからね。この激しい競争社会ですからね。まあ、この辺で、そろそろ完全に引退して、若い息子に任せたほうが、いいだろう。そう、決断したのです」

「美代子さんが、亡くなりましたが、そのことと、会長の引退とは、関係があるんですか？」

「いえ、何の関係も、ありません。前々から、年齢《とし》も年齢なので、そろそろ、引退の潮時だなと思っていましたから」

「引退した後は、どうされるおつもりですか？」

「幸いなことに、まだ、体も丈夫なので、そうですね、世界一周旅行でもしようかと、思っているんですが」

「寂しくはありませんか？」

「何がですか？」

「会長のそばには、いつも、美代子さんがいらっしゃったわけでしょう？　それが、あんなことで、亡くなってしまった。それで、寂しくはありませんかと、おききしたのですが、新しい女性でも、出来ましたか？」

十津川が、きくと、小田会長は、小さく手を振って、

「いくらなんでも、そんなにすぐ、新しい女性が、出来るわけが、ないじゃないですか。しばらくは、女性のことは、考えないようにしようと、思っています」

「それは、亡くなった美代子さんのためにですか？」

「まあ、それも、多少はあるかもしれませんが、それに、この年齢では、新しい女性を作るのは、さすがにしんどくなりました」

「これまで、何人もの人間が亡くなっています。東京では、青木英太郎という男が殺されているし、この滋賀県では、五個荘の役所の女性係長が、殺されています。そして、新快速の車内でも、殺しがあり、そして今度は、美代子さんです。われわれ警察は、この一連の事件の犯人は、同一人ではないかと、見ているんですよ。その上、事件に絡んで、会長の名前が、浮かんできたりしているのですが、この事件についての、会長の感想を、聞かせていただけませんか？」

と、十津川が、いった。

「そんなことをいわれても、困りますね。十津川さんは、すべての事件に、私が絡んでいるようなことを、いわれましたが、私の名前が出てきたのは、今回の、武部美代子さんが亡くなったことに関してだけじゃありませんか？」

小田会長は、抗議するように、いった。

「確かに、表面的には、そうですが、この一連の殺人事件は、美代子さんのかつての夫、森本久司さんが、東京で病死したことから始まっているんです。森本久司さんは、『希望の館』という施設で、亡くなったのですが、そこの若い職員が、亡くなった森本久司さんのために、彼の遺族を探して、遺品を届けようと、思った。完全に、善意で始めたことなんですよ。ところが、なぜか、この善意が、次々に殺人事件を、ここ、びわ湖環状線の周辺で、引き起こしているのです。まず最初が、滋賀県五個荘の役所の女性係長、黒田多恵さんの死です。今いった善意の青年が、五個荘の役所に行って、ぜひ、森本久司さんの家族を探してほしい。その人たちに遺品を届けたいと、そういったので、人のいい黒田多恵さんが、必死になって、森本さんの家族を、探したんですね。そのために、殺されてしまった。私には、そんなふうにしか、思えないのですよ。次は、森本あかりさんのダミーとして、新快速の車内で殺されていた女性です。善意の青年は、なんとかして、森本久司さんの家族に、会おうとした。特に、森本久司さんの娘のあかりさんに会って、遺品を、直接、渡したかった。それで、二回も滋賀県に、足を運んでいるんです。その行動に、誰かが、この青年が探しているあかりさんを、死んだことにしてしまえば、もう探すことも、ないだろう。そう思って、あかりさんに背格好の似た女性を、探し出して、彼女を新快速の車内で殺し、偽造の運転免許証を持たせておいた。その死体を善意の青年に、発見させたんですよ。そうすれば、もう探すのは、諦めるだろうと、犯人は思ったんでしょうね。ですから、黒田多恵さんも、森本あかりのニセものとして、殺された女性も、すべて、東京で死んだ森本久司に絡んでの事件ですし、いい換えれば、森本美代子さんに絡んだ事件でもあるのです。東京で殺された青木英太郎も、森本久司さんの遺品のひとつを、盗み出したために、殺されてしまったのです。そう考えていくと、殺された四人の男女は、すべて、森本久司さんに絡んでいる。当然、美代子さん、そして、娘のあかりさんにも、絡んでくるし、その関係で、あなたにも絡んでくるんですよ」

「それは、少しばかり、飛躍しすぎているんじゃありませんかね？　私が関係しているのは、今回の、美代子さんが死んだ別荘の火災のことだけですよ。それ以外のことには、私は、まったく関係ありませんよ」

小田が、いった。

「一週間後には、このN自動車では、会長が退任されて、すべての実権を持った社長が誕生するわけでしょう。その社長に、就任される息子さんに、お会いできませんかね？」

と、十津川が、いった。

「べつに、かまいませんよ」

小田会長が、あっさりと、いった。

7

小田啓一には、会長室の隣にある社長室で会った。

小田啓一は、今年四十歳、若い社長である。

すでに顔見知りの佐伯警部が、十津川のことを、警視庁捜査一課の警部だと紹介しても、小田啓一は、べつに不快そうな顔も、不安そうな顔もしなかった。

「今、あなたのお父さんと、会ってきましたが、なんでも、一週間後には、あなたが、すべての代表権を持つ社長になられるそうですね。おめでとうございます」

十津川が、お世辞を込めていうと、啓一は、笑って、

「正直にいって、そうなるのは、嬉しいですよ。しかし、責任も重くなるので、喜んでばかりもいられないんですよ」

と、当然のことを、口にした。

「先日、武部美代子さんが、亡くなりましたが、お父さんと彼女の関係は、前から知っていましたか？」

十津川が、きいた。

「いや、まったく知りませんでした。なにしろ、若い頃は、少しは、よそで苦労してこいと、親父からいわれて、ほかの会社で働いたり、アメリカやヨーロッパの車事情を、研究してこいといわれて、外国に、行ったりしていましたから、親父と、美代子さんのことは、まったく知らなかったんですよ」

と、啓一が、いう。

「二人の関係を知ったのは、いつ頃ですか？」

「よく覚えていませんが、最近のような気がしています。とにかく、若い頃は、何も知らなかった。これは、事実です」

「二人の関係を知った後で、美代子さんのことを、あなたは、どう、考えていましたか？」

「そうですね。若い頃に知ったら、きっと、腹を立てていたでしょうね。しかし、今もいったように、分かったのは、ごく最近でしたし、もう父は、七十歳を、過ぎていますからね。それに、母も、もう亡くなっていますから、好きなことを、やればいい。そんな気持ちで、父のことも、彼女のことも、見ていましたから、べつに、腹も立ちませんでした」

「腹は立たなかったが、心配ではあった。そうでは、ありませんか？」

「心配？　心配というのは、どういうことですか？」

「もし、お父さんと、美代子さんが、正式に結婚してしまえば、将来、お父さんが死んだ場合、遺産の半分は、美代子さんに行ってしまうんですよ。そのことで、あなたは、心配したことはありませんか？」

十津川が、きくと、啓一は、苦笑いしながら、

「実は最近、父がこんなことを、私にいったんですよ。お前に黙って、長い間、彼女とつき合っていた。父親として、悪いことをしたと思っている。彼女と結婚する気持ちをもったことは、一度もない。これからだって、結婚はしないつもりだ。だから、その点だけは、安心しろ。そういわれたんですよ。最初、安心しろというのは、どういうことか、分からなかったんですが、おそらく、十津川さんがいわれたような、財産のことではないかと、思っています。父は、自分でいったことは守るほうですから、べつに、心配はしていませんでした」

「ところで、あなたは、青木英太郎という人を、知っていますか？　東京で、殺された男なのですが」

十津川は、まっすぐに、相手の顔を見ながら、きいた。

「いえ、まったく、知りません」

と、啓一が、いう。

「では、黒田多恵さんは、どうですか？　この近くの、五個荘の役所の女性係長なんですが」

「その女性の名前も知りませんね。聞いたこともありません。どうして、その人は、殺されたんですか？」

「殺されたというか、いや、今のところ、一応は、自動車事故ということに、なっています」

「それなら、なおさら、私が、知らなくても、当然でしょう」

「森本久司という人を、ご存じですか？」

十津川が、きくと、小田啓一は、また笑って、

「今は、知っていますよ。なにしろ、新聞やテレビで、その名前が報道されましたからね。しかし、以前は、まったく知りませんでした」

「それなら、当然、今は、森本久司さんが、美代子さんのご主人だったということも、知っていますね？」

「ええ、知っていますよ。でも、二十年も、音信不通で、離婚されたんでしょう？」

啓一が、いった。

「彦根にある崎田質店は、どうですか？　ご存じですか？」

「ええ、それも、新聞報道がされましたから、その質店の名前は、知っていますよ。でも、行ったことは、ありませんね」

「本当に、崎田質店に行ったことは、ありませんか？」

十津川が、粘り強く、きくと、啓一は、小さく肩をすくめて、

「行ったことはありません。幸か不幸か、僕は、質屋というものに、行ったことがないんですよ」

「あなたの奥さんは、圭子《けいこ》さんとおっしゃいましたね？」

「ええ、そうですが、そのことが、何か？」

「今回の一連の事件について、奥さんは、どういわれていますか？」

十津川が、きくと、小田啓一は、また、小さく肩をすくめて、

「何もいっていませんよ。私以上に、家内は、十津川さんのいわれた四人のことは、知らないでしょうからね」

「何の反応も、示さないんですか？」

「ええ。でも、それが当然ではないかと、思っていますよ。今もいった理由で、です」

「しかし、それでは、少しばかり、寂しくはありませんか？　無関心だということは、夫であるあなたのことを、まったく、心配していないということになりますから」

十津川が、無理につけたような屁理屈《へりくつ》を、口にすると、小田啓一は、

「そんなことはありませんよ」

と、急に、大きな声を出した。

第七章　善意の報酬

1

彦根警察署に置かれた捜査本部で、捜査会議が開かれ、それに、十津川と亀井も、出席した。

捜査会議は、滋賀県警本部長が主催し、県警の、事件の担当者である佐伯警部も、もちろん、出席した。最初に、警視庁と合同で、捜査会議を開くことになった理由を、佐伯警部が説明した。

「今回の一連の事件で、東京で、男一人、こちら滋賀県では、三人の女、合計で、四人の人間が死んでいます。容疑者として、N自動車の小田啓輔会長と、一人息子で、社長である小田啓一の二人が、浮かんでいます。もちろん、滋賀県下でも、有名な資産家であるこの親子が、直接手を下して、人を殺したということは、まず、考えられません。おそらく、大金で雇った実行犯がいたか、あるいは、この親子に、忠誠を尽くす男がいて、実際に手を下したかの、そのどちらかであると、思われます。状況証拠は、この小田親子の犯行であることを、示しています。しかし、はっきりとした物的証拠は、残念ながら、現在のところ、ありません。今のままでは、逮捕状が、出る見込みは、ないといわざるを得ません。そこで、最初から、もう一度、今回の一連の事件を、考え直してみたいと思っています。合同で、です」

佐伯警部の言葉を、受ける感じで、県警本部長が、口を開いた。

「事件の発端は、東京で起きている。そこで、警視庁から参加された十津川警部に、事件の発端から、もう一度、再確認の意味を込めて、話をしていただきたいと思う」

本部長は、十津川に、目をやった。

十津川が、立ち上がって、説明を始めた。

「今年の五月六日、東京都荒川区にある福祉施設『希望の館』で、末期のガンに冒された森本久司という、六十一歳の収容者が亡くなりました。彼はホームレスで、行き倒れているところを、発見されて収容され、森本久司という名前は、分かりましたが、どこの生まれかが、分からず、普通なら、無縁仏として葬られてしまうはずでした。もし、この時、無縁仏として、葬られてしまっていたら、今回の一連の事件は起きなかったろうと思えるのです。まず、このことを、覚えておいていただきたいと思います。つまり、本来は、起きなかった事件であることを、確認しておきたいからです。ところが、『希望の館』では、できるだけ、亡くなった人々の、家族や身内の人間を探し出して、遺品を、渡すことにしているのだそうです。これは、あくまでも、ボランティアであり、善意の行為です。ここにいる亀井刑事とも、話したのですが、今回の一連の事件は、その善意によって、起きたともいえるのです。その善意のボランティアを担当したのが、二十六歳の、柴田圭太という『希望の館』の若い職員でした。亡くなった森本久司、六十一歳が遺した品物は、ここに、書いたとおりのものです」

十津川は、黒板に、目をやった。

「千代紙を貼りつけた小さなボール紙で作られた箱、写真、この写真は、二十年ほど前に撮ったと思われるもので、四十歳くらいの森本久司が、娘のあかり、七歳と一緒に写ったものです。七五三の写真と思われるので、このことから、推察して、このあかりは、現在、二十七歳くらいになっているだろうと、思われました。そこで、柴田圭太は、できれば、このあかりに直接会って、遺品を渡したい。そう思ったわけです。三つ目は、二つに折られた色紙で、そこには『売り手よし、買い手よし、世間よし』という、いわゆる、近江商人の心得のようなものが、書かれていました。それから、象牙の印鑑が一本。この色紙から、亡くなった森本久司は、近江の生まれではないかと考え、柴田圭太は、森本久司の家族を探すために、滋賀県に、出かけていったわけです。しかし、簡単には、見つかりませんでした。柴田圭太は、近江商人の発祥の地である近江八幡や、五個荘、彦根、長浜の警察、あるいは、役所を回って、協力を要請しました。その柴田圭太が、滋賀に滞在中、彼が、五個荘の役所で、森本久司の家族を探してくれと頼んだ女性係長、黒田多恵が、交通事故で、亡くなりました。ところが、この交通事故を調べてみると、殺人の可能性が出てきたと、こちらにいる佐伯警部から、教えられました。その後、東京で、青木英太郎という六十六歳の男が、殺されました。この青木英太郎も、ホームレスで、肝臓ガンを、患っており、病院からも見放されて、森本久司と同じように、『希望の館』に収容されていた人間です。青木英太郎も、どこの生まれとも分からず、そんな青木英太郎が殺される理由が、分かりませんでした。唯一の理由として、考えられたのは、『希望の館』で、青木英太郎が、森本久司と同室だったということでした。しかし、それだけでは、青木英太郎が、どうして殺されたのか、分かりませんでした。

それから、しばらくして、彦根市の崎田質店という店から、『希望の館』気付で、森本久司宛の手紙が届いたのです。そのことから、森本久司の遺品の中には、ほかに、質札があったということが分かり、東京で殺された青木英太郎は、森本久司が亡くなった時、その質札を、盗んだのではないのか。そのことが理由で、殺されたのではないかと、考えられるようになりました。

この手紙が届く前に、『希望の館』の柴田圭太は、もう一度、森本久司の家族、特に娘のあかりに会いに、滋賀に行きます。その理由は、河村と名乗る男から連絡があり、自分は、そちらが探している森本あかりを知っているので、こちらに来てもらえれば、引き合わせると、そういわれたからです。この河村と名乗った男は、柴田を京都まで、誘い出し、そのあと、京都発十三時四十五分の、新快速で、近江塩津まで行ってもらいたい。実は、森本あかりは、家を出てしまって、自宅には、帰っていないので、できれば、新快速の列車の中で会いたいといっていると、柴田に、いいました。

柴田は、その言葉を信じて、一緒に、指定された京都発十三時四十五分の、新快速に乗り、近江塩津まで、行きました。滋賀県の琵琶湖の周辺を回る列車については、地元の皆さんは、よくご存じだと思いますが、近江塩津で、乗り換えて、湖の東岸を下ると、琵琶湖の周りを一周できるわけです。いわゆる、びわ湖環状線ですが、そうしたことには知識のない東京在住の柴田は、いわれるままに、何の疑いも持たずに、近江塩津まで、行きました。着くと、河村という男は、ホームの向こう側に停まっていた列車、この列車は、近江塩津発の、京都行きの、同じく新快速だったわけですが、発車まで時間がないと、急かして、柴田は、遺品を持って、ホームの反対側に停まっていた列車に、飛び乗ったのです。しかし、柴田を、そこまで案内した河村は、突然、姿を消してしまい、その代わりのように、新しく乗り込んだ列車の中で、二十代の若い女性が亡くなっているのに、遭遇します。その女性は、森本あかりという運転免許証を持っていたので、柴田は、てっきり、探していた森本あかりが死んでしまったものと、錯覚したのですが、後になってから、その女は、本物の森本あかりではなく、犯人が、ニセの免許証を持たせて、殺しておいた、まったくの別人だと分かります。柴田を、京都から、びわ湖環状線に乗せて、引きずり回した河村という男は、柴田が探している森本あかりが死んだと、思わせたかったとしか、考えられません。この後、事件の舞台は、滋賀県彦根市に移りますので、ここから先は、地元の佐伯警部に、説明していただくのが、適当ではないかと思います」

十津川は、バトンを、佐伯に渡した。

2

十津川から指名された佐伯は、立ち上がると、

「この後、いよいよ、事件の核心に近づきます。東京で、病死した森本久司の遺品の中に、実は、二十年前に、彼が、彦根にある崎田質店に預けておいた質札があり、その質草というのが、森本自身が写したビデオテープであることが、分かりました。そして、そのテープは、森本久司の妻、美代子と、滋賀県では、資産家として有名なN自動車の会長、小田啓輔、現在七十一歳との浮気の現場を収めた、ビデオテープであることが、分かりました。この時に生まれた第一の疑問は、なぜ、二十年前に、森本久司は、妻の浮気を調べて、その相手、N自動車の小田会長との浮気の現場を、ビデオテープに写しておきながら、そのテープを、彦根の崎田質店に預けたまま、失踪し、東京でホームレスとなり、最後には、ガンに冒されて亡くなったのかということでした。今も、その理由は、いろいろと考えられます。

すでに、ここまでに、三人の男女が亡くなっており、いずれも、殺人の可能性があるので、われわれは、警視庁と合同で、問題のビデオテープに映っていた森本美代

子、現在、武部美代子と、N自動車の小田会長の二人、それに、現在二十七歳になっている森本あかりの、三人の周辺を、調べていくことになりました。この三人を、調べていけば、一連の殺人事件の真相が、つかめるのではないかと、考えたからです。そのような折、琵琶湖の、近江今津にある小田会長の別荘で火災が起き、われわれが、マークしていた三人のうちの一人、武部美代子が亡くなりました。煙に巻かれ、一酸化炭素中毒で死亡したということになっていますが、彼女もまた、今までの三人と同じように、殺されたのではないかという疑いが、持たれています。容疑者としては、小田啓輔会長と、彼の長男で、現在四十歳の小田啓一社長、それから、被害者の一人娘、あかり、この三人が、浮かんでいます。もちろん、小田会長や、その長男で社長の啓一が犯人の場合は、直接、彼らが手を下したのではなくて、『希望の館』の柴田を引きずり回した河村と名乗る男が、二人の指示を受けて、動いたということが、まず、考えられます。問題は、犯人と、その犯行の動機ということに、なってきます。今日の捜査会議では、犯行の動機について、徹底的に、討論したいと考えています。これがはっきりしないと、今回の一連の事件で、容疑者が浮かんできても、逮捕令状が取れないと、思うからです」

佐伯は、言葉を切り、黒板に、

小田啓輔　七十一歳

と、書いた。

「この小田啓輔は、現在、N自動車の会長ですが、彼が犯人だとした場合、一連の事件について、どんな動機が考えられるのか。彼は、二十数年前から森本久司の妻、森本美代子と不倫関係にあり、その関係は、現在も、続いていました。これは、推測ですが、二十年前、森本久司に尾行されたりして、浮気をかぎつけられ、その証拠をつかまれてしまったと、思っていた。私は、そう考えますが」

と、いって、佐伯は、十津川を見た。

十津川が、うなずく。

「その点は、私も、同感です。だからこそ、突然、森本久司が失踪して、行方が分からなくなった時は、小田会長も、森本美代子も、ほっとしたのではないかと思います。ところが、その森本久司が東京で亡くなり、彼の家族を、『希望の館』の職員の柴田圭太が探し始めた。そして、遺品を、渡そうとしていると聞いて、動揺したに違いありません。おそらく、その遺品の中には、二十年前の浮気の証拠を、何か、森本久司がつかんで、残しているのではないのか？　そう考えたからだと、思います。ですから、今の、佐伯警部の推理には、私も、賛成します」

3

佐伯が話す。

「われわれは、最初、小田会長が、犯人だとすれば、森本美代子とずっと不倫を続けてきたという、そのことが、バレることを恐れて、殺人を、重ねたのではないかと考えました。五個荘の役所の黒田多恵を殺したのも、彼女が必死になって、森本久司の家族を探しているので、見つけられては困る。そう考えて、その口を、封じたのではないか？　さらに、柴田にも、警告の電話を入れています。東京で、青木英太郎を殺したのも、同じ理由だと、われわれは、考えました。びわ湖環状線の車内で、竹下亜樹という二十五歳の女性を殺して、その死体に、偽造の運転免許証、これは、森本あかりの運転免許証を持たせておいて、柴田圭太に発見させたのは、柴田が、森本久司の遺品を、娘の森本あかりに渡そうとしているのを知って、彼女が死んだことになれば、遺族探しなどは、自然と、立ち消えになってしまうのではないかと考えて、こんな面倒な殺人を犯したと、私は推測しました。最後には、浮気の相手、美代子を殺してしまえば、すべてを、闇に葬ることができる。そう考えて、近江今津の自分の別荘で火災を起こし、美代子を殺してしまったと、考えられます。次は、小田会長の一人息子、小田啓一が、犯人の場合です」

次に、佐伯は、黒板に、

小田啓一　四十歳

と、書いた。

「彼が犯人だとすれば、動機は、あくまでも財産だと、思われます。父親の現会長は、七十一歳であり、死期はそう遠くないと考えられる年齢です。しかし、森本久司の妻、美代子との不倫が、公のものになってしまい、美代子が結婚を希望し、父親が、それに応じれば、美代子は、小田啓一にとって母親ということになってしまいますから、父親が死んだ時、財産の半分は、美代子に行ってしまいます。なんとしてでも、それを防ぎたい一心で、小田啓一は、次々に殺人を犯した。とにかく、自分の父親と、森本美代子との関係が公になることを恐れて、次々に、殺していったと考えられます。三人目の容疑者は、森本あかりです」
そういって、佐伯は、三番目に、

森本（武部）あかり　二十七歳

と、書いた。

「彼女が、犯人である可能性は、非常に低いのですが、彼女が犯人だとすると、二十数年間も、不倫を続けた母に対する嫌悪感か、あるいは、憎しみが、殺人の動機だと、考えられます。ほかの三人を殺したのは、彼女が、強い潔癖感を持っていて、母と、滋賀県では有名な資産家の小田会長との不倫がどうしても、許せず、それが公になることを、恐れていたのではないでしょうか？　これが、森本あかりが犯人の場合の動機ということになります。しかし、小田会長も森本美代子も、現在は武部美代子ですが、二人とも、結婚する気はまったくないと主張していました。これは、世間体を、繕《つくろ》うための嘘ではなくて、調べていくと、二人とも、結婚する意志がないことが、はっきりしてきました。そうなると、ここまで、いってきた動機が、消えてしまうのです。

ここまで、われわれは、二十年前、森本久司が、妻の浮気を疑って、その証拠のビデオを撮った。それが、東京で亡くなった森本久司の遺品の中に入っていることが、明らかになることを恐れて、殺人が起きた。そう、考えていたのですが、その動機が、消えてしまったのです。小田会長も美代子も、ここに来ても、二人には再婚する意志はない。ならば、動機がなくなっているのです。そうなると、息子の小田啓一が、殺人を犯す理由も、なくなってくるのですよ。残るのは、あかりの動機だけですが、これだけ、母親と小田会長がおおっぴらにつき合っていれば、母親の浮気を、憎む気持ちも、薄れてしまうのではないでしょうか？　つまり、あかりの動機も消えてしまうのです。しかし、現実に、四人の男女が、死んでいる。いや、殺されています。無差別に、殺したとも思えませんから、必ず、動機があるはずです。今日の捜査会議では、なんとしてでも、犯人の動機を、見つけ出したい。そうしないと、今回の、一連の殺人事件について、解決の見込みが、なくなってしまうのです。ですから、全員で、遠慮なく、自分の考えを、披露してもらいたいのです。朝までかかっても、かまわないと思っています」

佐伯は、刑事たちの顔を、見回してから、

「今回の一連の事件について、皆さんは、どう考えるか、議論を歓迎します」

4

佐伯に促される形で、最初に発言したのは、亀井だった。

「われわれは、今回の一連の殺人事件について、自分でも、分からないうちに、誤解をしていることがあると思うのです。最初、この事件は、純粋な善意から、始まりました。『希望の館』で死んだ森本久司の家族を探し、遺品を、渡そうという善意です。その時は、まだ遺品の中に、問題の質札があるということも分かっていなかったし、その質草が、森本久司が崎田質店に、預けておいたビデオテープだということも、明らかになっていませんでした。われわれが、不倫の現場を映したビデオテープの存在を知った時点では、すでに、三人の男女が、殺されていたのです。東京で青木英太郎、五個荘では、役所の女性係長、黒田多恵が、自動車事故に見せかけて殺され、また、びわ湖環状線の列車内で、森本あかりのニセもの、竹下亜樹が殺されました。その後で、われわれは、問題のビデオテープを、見つけましたが、そのため、黒板に書かれた三人の容疑者も、われわれと同じ時に、森本久司の遺品の中に、小田会長と森本美代子の不倫を示すテープが、あったことに気づいたと、思ってしまったのです。われわれが、こう考えると、青木英太郎、黒田多恵、そして、森本あかりのニセものとして殺されてしまった竹下亜樹、この三人が、なぜ殺されたのか、その動機が分からなくなってしまうのです。時間が、ずれてしまいますからね。そこで苦しまぎれに、こんなふうに考えることにしたのです。二十年ほど前、森本久司は、妻の美代子が、N自動車の会長と浮気をしているのではないかと疑い、尾行し、そして、ビデオカメラで、二人の行動を記録していたのですが、当然、小田会長と森本美代子のほうも、それに、気づいていたはずと考えました。本来なら、森本久司が、二人に殴りかかるか、妻を問い詰めるかしたはずなのに、なぜか、森本久司は、突然、姿を消してしまいました。東京で森本久司が死亡し、『希望の館』の柴田圭太が、善意から、森本久司さんの家族を探し、遺品を渡そうとしていると分かれば、三人の容疑者たち、特に小田会長と、浮気の相手、美代子の二人は、その遺品の中に、自分たちの浮気を証明するようなもの、ビデオテープか、写真が、含まれていると、思ったとしても、決しておかしくないのではないか。つまり、最初の殺人が起きる前に、すでに、この二人は、危険なビデオテープ、あるいは、写真の存在に、気がついていたと、思わざるを得ません。そう考える立場で、今回の一連の事件を見直す必要があると思うのです」

「君の考えに、私は賛成だよ」

十津川が、いい、続けて、

「問題なのは、具体的な容疑者の、動機ということになってくるね。たとえば、君の考えに従えば、動機は、二十数年前から、現在まで続いている自分たちの浮気がバレることを恐れて、殺人を重ねたということになってしまうのだが、小田会長のほうは、すでに、奥さんが亡くなっているし、浮気相手の美代子も、夫の森本久司とは、すでに離婚し、東京で死亡したことが明らかになっている。となると、もし、二人の浮気が、公になったとしても、ダメージは、ほとんど、ないんじゃないのか？」

「確かに、そうですが」

と、亀井が、うなずく。

「しかし、本当に、平気なのかどうか、特に、小田会長のほうは、N自動車という大会社の代表ですからね。当然、浮気がバレることによって、その威厳が、低下してしまうのではないかという不安が、あったのではないでしょうか？　それが証拠に、最後に近江今津の別荘で、小田会長は、二十数年来の、不倫の相手、美代子を殺してしまったではありませんか？　まだ証拠は、ありませんが、私は、今回の美代子の死も、殺人だと考えています」

「私も、君と同じように、彼女は殺されたと、思っている。しかし、その一方で、小田会長は、まもなく会長職を退いて、息子の啓一社長に、すべてを譲ろうとしている。これは、間違いないと思うんだ。そんな約束を、軽々しく、口にはしないからね。そうだとすると、なぜ今、美代子の口を封じる必要があるのか？　その点が、分からなくなってくるんだがね」

「今の亀井刑事の考えに賛成ですが、私は、犯人は、小田啓一ではないか？　そう思いますね」

と、いったのは、県警の、菅原《すがわら》という刑事だった。

「その理由は？」

と、佐伯が、きく。

「小田啓一は、社長で、現会長の一人息子です。父親は、すでに、七十一歳。引退するか、あるいは、亡くなれば、N自動車の全権は、啓一のところに回ってくることになります。それに、莫大な個人資産も、長男である彼が、相続することになりますが、もし、その前に、小田会長と美代子が結婚をしてしまうと、父親が死んだ時の財産の半分は、自分ではなくて、美代子のところに行くことになってしまいます。それを恐れて、火事を装って、美代子を殺したのではないか？　そんなふうに考えたのですが」

「しかし、二人は、結婚しないと公言しているんだ。それに、小田会長の妻の死後も、二人は、結婚していない」

「だとすると、問題は、あかりにあったのではないでしょうか？」

と、菅原が、いった。

「母親ではなくて、娘のあかりか？」

「そうです」

「確か、武部美代子、あかり、そして、小田会長の、DNAを調べたところ、あかりは、亡くなった森本久司の娘ではなくて、小田会長の娘と、分かったわけだね？　つまり、それが問題だと、いうわけかね？」

県警本部長が、きくと、菅原は、

「そうです。それが、問題なのです。次期会長が約束されている小田啓一の立場になって、考えてみてください。もし、父親が、あかりのことを、自分の子供として認知してしまえば、自分が相続するはずの財産の何割かを、彼女に持って行かれてしまいます。また、会長の小田啓輔が、あかりを自分の子供として認知した後、彼女を溺愛したりすると、遺言状を書き換えて、財産のほとんどが、彼女のところに渡るようにしてしまうかもしれません。啓一は、なによりも、そのことを、恐れたのではないでしょうか？」

「しかし、小田会長は、認知していないと、私は聞いているがね」

と、県警本部長が、いった。

「ええ、そのとおりです。小田会長が、あかりを自分の子供として、認知している事実は、ありません」

これは、佐伯が、答えた。

「今後、小田会長が、森本あかりを認知することは、あり得るのかね？　その点は、どうなんだ？」

本部長が、佐伯に、きいた。

「その点ですが、昨日、小田会長に会って、きいてみました。答えは、簡単でした。認知する気はない。小田会長は、きっぱりと、そういっていました」

「しかし、あかりがＤＮＡ検査の結果をたてに、小田会長に、認知を迫ったとしたら、どうなるでしょうか？」

十津川が、佐伯に、きいた。

「確かに、裁判沙汰になれば、もめるでしょうが、私が、あかりに会って聞いたところでは、現在の彼女は、母が死んだことを、悲しんでいて、今のところ、小田会長に認知を求めるような気分には、なっていないようです」

と、佐伯が、いった。

「確かに、今は、そうかもしれませんが、あかりが、母を失った悲しみから解放された時には、小田会長に、認知を求めるのではないでしょうか？　その点は、どうですか？」

十津川が、さらに、きいた。

「それは、分かりません。現在、彼女は、母親の実家である近江八幡の武部家に、引き取られていて、戸籍上の名前は、武部あかりです。その武部家ですが、この地方ではかなりの旧家で、けっして、資産家というわけではありませんが、貧しくもない。それに、祖父母は健在で、孫のあかりのことをたいへん可愛がっていて、彼女のほうも、祖父母が大好きですから、今のままでも、けっこう幸せなのではないかと、私は、思いますね。ですから、小田会長に、認知を求めることは、しないのではないですか？」

「それでは、今までにはっきりした疑問点を、私が、ここに列挙して、君たちの考えを、聞きたいと思う」

県警本部長が、いい、彼もチョークを持って、黒板に、書いていった。

一　武部美代子と小田会長の関係。二十数年間に亘《わた》って、不倫を続けてきた。最後の五年間は、小田会長の妻が、亡くなったため、結婚しようと思えば、できないこともなかったが、二人は、結婚しなかった。

二　ＤＮＡ検査の結果、森本（武部）あかりは、小田会長の娘であることが、判明した。しかし、二十数年間、小田会長は、認知してこなかったし、母親の美代子も、あかり本人も、認知してくれるように、小田会長に、要求したことはない。

三　この二つの事実にもかかわらず、今までに、東京と滋賀で、四人の男女が死亡している。いや、殺されている。この理由は、いったい、何なのか？

県警本部長は、チョークを置くと、刑事たちの顔を見回した。

「この答えが、見つかれば、今回の事件は解決する。みんなで考えて、納得できる回答を、見つけてほしい」

5

さまざまな意見が交わされたが、いずれの意見も、納得できるものにはならず、しばらくの間、重苦しい沈黙が続いた後で、十津川が、いった。

「私は、今回の一連の事件は、いつ、どこから始まったかを、あらためて、考え直してみたいのです。今から、二十年ほど前に、突然、失踪し、東京で暮らしていた森本久司が、ホームレスになり、収容された『希望の館』で病死した。その時から、今回の一連の事件は、始まった。そう見ていいんじゃないかと、やはり、思いますがね」

「そんなふうに、単純に決めつけて、いいんだろうか？」

本部長が、異議を唱えた。

「では、本部長は、何が始まりと、お考えですか？」

「私がいいたいのは、ただ、森本久司が、東京で病死しただけでは、四人もの男女を、死に追いやるようなインパクトは、与えられないんじゃないかということだよ。森本久司は二十年ほど前に、妻子と故郷を捨てた、ただの初老の男だ。巨万の遺産を残したわけでもないし、大悪人でもない。平凡な六十一歳の男が、病死しただけだからね。ただ、そのあと、彼が収容されていた『希望の館』の若い職員が、完全な善意から、森本久司の家族を探し出して、遺品を届けようとした。その行為から、その時から、一連の事件は始まったと、私は、考えたいと思うのだ。一見、同じように思えるが、その違いを、はっきりさせておかないと、捜査は、間違った方向にいってしまうんじゃないだろうか？」

「逆にいいますと、森本久司が、病死しただけでは、そのあと、一連の殺人事件は起きなかったということに、なってきますが」

十津川が、きくと、本部長は、うなずいて、

「それが正しいんじゃないのかね。森本久司が死んだだけなら、たとえば、かつての妻の美代子なんかは、それまで、二十年も生死が分からなかったんだから、ほっとするんじゃないのかね」

「しかし、『希望の館』の柴田は、ただ、病死した森本久司の家族を探していただけです。それに、見つかった家族に、柴田が渡そうとしていた遺品の中には、問題の浮気のビデオテープは、入っていなかったんです。それでも、連続殺人の原因になるでしょうか？」

「現実に、連続殺人は、起きているんだ」

「そうですね。具体的に、最初に起きた殺人について、考えてみようじゃありませんか。最初は、滋賀県五個荘の役所の係長、黒田多恵が、殺された事件です。自動車事故となっていますが、殺されたと考えられます。しかし、この時点では、森本久司が死んだので、彼の家族を探して、遺品を渡したいと、柴田はいっただけです。それで、なぜ、殺されたんでしょう。それは、黒田多恵が、これも、善意から、必死になって、頼まれた森本久司の家族を探そうとした。あるいは、心当たりがあったので、森本久司の家族に知らせようとした。ところが、探されては困る犯人が、口封じに、黒田係長を殺してしまったと、考えているんですが」

「それでいいんじゃないのかね」

「しかし、問題のテープは、まだ、出て来ていませんし、森本久司の妻、美代子と、N自動車の小田会長との関係も、まだ知られていないんです。その段階で、なぜ、犯人は、殺人にまで走ってしまったんでしょうか？　そこが、分かりません」

「君の考えは？」

と、本部長は、佐伯に、目をやった。

「私も、今まで、簡単に考えていました。二十数年前からの浮気、それを証拠立てるテープ。DNA鑑定によって、一人娘は、病死した森本久司の子供ではなく、浮気相手の小田会長の子供だった。こんな事実が出て来れば、四人の男女が、次々に殺されるのも、あり得ると思うようになっていました。しかし、今、十津川警部がいったように、黒田多恵が殺された時点では、私が今、並べたことは、何も分かっていなかったんです。そう、冷静に考えると、黒田多恵殺しについては、犯人の動機が、分からなくなってしまいます」

「しかし、まったく、お手上げというわけでは、ないんだろう？　もし、お手上げなら、今回の事件の解決は、不可能だからね」

と、本部長が、いった。

6

なぜ、あの時点で、黒田多恵が殺されたのかについて、意見が、交わされた。

もっとも納得できそうな考え方は、次のようなもので、佐伯警部が、説明した。

「小田会長と、森本美代子は、夫の森本久司にかくれて、浮気をしていました。森本が、二人の仲を疑い、尾行したりしていることにも気づいていたのではないか。いや、証拠の写真やテープを撮られたこともです。二人は覚悟を決めたのに、なぜか、森本久司のほうが、姿を消してしまった。それだけ、森本は、優しいというか、気弱というか、あるいは、絶望したのかもしれません。その森本久司が東京で病死し、その遺品を家族に届けにきた『希望の館』の職員、柴田圭太のことを、なんらかの事情で、小田会長と森本美代子は、知ったわけです。遺品の中に、二十年前の自分たちの浮気の現場を撮ったビデオテープか、写真があるに違いないと思い込み、それが公になるのを恐れ、必死に自分たちを探している黒田多恵の存在が邪魔になって、口封じに殺してしまったというのが、納得できる理由だと考えます」

この佐伯の説明には、反論が、相次いだ。

「その説明には、ひとつの前提が、必要だろう」

と、本部長が、いった。

「遺品の中に、テープか写真が入っているという前提だ。この前提がなければ、成立しない動機じゃないのかね」

「現実に、森本久司の遺品の中には、ビデオテープがあったわけです」

「それは、結果論だろう。質札と、質草が出て来て、問題のテープが、見つかったから、われわれは、小田会長や、美代子が、遺品の中に、テープか写真があると考えていると思って、犯行に走ったと、決めつけてしまったんじゃないのか。『希望の館』

の職員、柴田が、森本久司の家族を探し歩いていた時は、遺品の中に、質札も、テープもなかったんだ。それでも、黒田多恵は、殺されている。犯人は、当然、黒田多恵に向けて、『希望の館』の職員は、どんな遺品を持ってきたか、きくだろう。黒田多恵は、嘘をつく必要はないわけだから、正直に話したと思うね。犯人は、遺品の中に、問題のテープや写真がないことを知ったはずだ。それにもかかわらず、犯人は、黒田多恵を殺してしまった。なぜなんだ？　ここで、柴田圭太が持っていた遺品の中身を、確認してみよう」

本部長は、黒板を、あらためて、見つめた。

千代紙を貼りつけたボール箱

二十年ほど前の森本久司と娘のあかりが一緒に写っている写真

近江商人の心得を記した色紙

印鑑（森本久司）

「これだけだ。これで、誰が、黒田多恵を殺す必要があるだろうか？」

「もうひとつあります」

と、県警の池田《いけだ》という刑事が、いった。

「何だね？」

「柴田圭太は、森本久司が死んだことを、伝えようとしていました」

「確かにそうだ。しかし、小田会長にしろ、美代子にしろ、いつ、森本久司が現れて、自分たちを責めるか、莫大な慰謝料を要求するか、あるいは、自分たちを刺すかもしれない。そんな不安を、いつも感じていたと思われるから、その森本久司が病死したという知らせなんだから、歓迎するはずだ。そうじゃないかね？」

と、本部長は、いった。

十津川は、亀井と、顔を見合わせた。確かに、本部長のいうとおりなのだ。

森本の妻、美代子は、小田N自動車会長と、二十数年前から、浮気をし、今も続いている。二人にとって、行方不明の森本久司は、地雷みたいなもので、不安のタネだったはずである。

その森本久司が、死んだのだ。

彼が、ホームレスのまま死んで、どこの誰だか分からなければ、新聞にも、載らなかったろう。

だが、善意で、柴田という青年が、森本久司の死を、知らせてくれた。二人とも、ほっとしたはずだ。

それでも、殺すだろうか？

7

県警本部長は、あらためて、自分の考えを確認するように、いった。

「森本久司は、二十年間も行方が分からなかったんだよ。やっと行方が分かった時には、彼は、病死していたんだ。そんな男が、一連の殺人事件の原因になり得るだろうか？」

「私は、森本久司以外に、今回の一連の殺人事件について、その動機になっている人間はいないと思っています」

と、十津川が、いった。

「その理由を、詳しく、説明してくれないかね。私には、よく分からないんでね」

「まず、長年、不倫関係にあった小田会長と美代子ですが、当然のことながら、二人とも森本久司に対して、引け目や罪悪感があったと思うのです。森本久司が突然、姿を消した後も、その罪悪感なり、後ろめたさは、ずっと、続いていたと思いますね。

いつか、森本久司が、二人の前に現れるのではないかという恐怖感というか、罪悪感は、二人とも、持っていたに違いありません。だからこそ、小田会長の妻が死亡した後も、二人は、結婚しようとはしなかったのだと思われます。美代子も小田会長も、おそらく、ずっと前から、あかりが森本久司の子供ではなくて、小田会長の子供であることは、分かっていたと思うのですよ。彼女の顔立ちも、亡くなった森本久司よりも、小田会長のほうによく似ていますからね。しかし、母親の美代子は、小田会長に認知を求めようとしなかったし、小田会長も認知しなかった。なぜかといえば、これも、行方不明の森本久司の影があったからでしょう。突然、森本久司が戻ってきて、娘は、絶対に自分の子供だと主張すれば、法律的には、小田会長は、自分の子供だと、主張できませんからね。それが、森本久司の死によって、状況が、ガラリと変わってしまったのです。特に、美代子は、夫である森本久司の幻影におびえる必要は、なくなった。つまり、彼女は、自由になったのです。当然、今ならば、不倫相手の小田会長と、結婚することもできるわけです。小田会長の妻は、すでに五年前に亡くなっていますから。後ろめたい思いの原因になっていた彼女の夫も、東京で、死んでしまったから、誰にも遠慮することは、ありません」

「しかし、小田会長も、森本美代子、正確には、武部美代子も、結婚は望んでいないんじゃないのかね？　それとも、十津川君は、二人が、嘘をついているとでもいうのかね？」

「いえ、そうは、思いません。本当のことを、いっていると思います」

「それならば、やはり、謎は、残ってしまうんじゃないのかね？」

「もうひとつ、美代子が、小田会長に対して、要求することが、あったはずです。それは、娘のあかりの認知です。今までは、いつ、行方不明の夫が現れて、あかりは、絶対に、自分の子供だから、小田会長の認知など認めないというか分からないので、美代子は、小田会長に対して、認知を要求してこなかったんだと思います。ところが、その垣根が取れましたからね。自分は結婚は要求しないが、娘のあかりに対しては、認知をしてほしい。そういう要求をしてくる恐れが出てきたんです。小田会長は、そうなると困るでしょうし、いちばん脅威を感じるのは、小田会長の一人息子で、長男の小田啓一だと思うのですよ。今までは、森本久司という大きな抵抗があったので、安心していましたが、その重しとなっていた森本久司が死んでしまったので、小田会長も、息子の小田啓一も、急に難しい立場に立たされました。特に、息子の啓一のほうは、おびえることになったのではないでしょうか？　遺産が、当然、減ってしまいますからね。おそらく、小田啓一も、父親と森本美代子との関係を知っていたと思いますし、森本あかりが、父親、小田会長の娘であること、つまり、自分の異母妹であることも気づいていたと、思うのですよ。ＤＮＡの結果を見るまでもなく、顔が、あれだけ、父親に似ていますからね。

したがって、問題の質草、二十年前に、妻の美代子と小田会長との不倫の様子を、撮影したビデオテープがなくても、森本久司が東京で死んだと聞いた瞬間に、小田会長も、難しい立場に立たされたし、息子の小田啓一も、自分の相続すべき財産が、減ってしまうという不安に襲われたと思うのです。それで、小田会長と、小田啓一の二人、特に、小田啓一のほうは、森本久司が東京で亡くなったことを、必死になって隠そうとした。いつまでも、森本久司の居所が分からなければ、森本美代子は、娘のあかりの認知を、父親に要求しないでしょうから、安心していられます。

それなのに、善意の固まりのような柴田圭太が、必死になって、森本久司の家族を探し出して、彼の死を、知らせようとしている。五個荘の役所の女性係長、黒田多恵は、柴田に共感して、森本久司の家族を探そうとした。それを不安に思った小田啓一は、おそらく、金で雇った人間を使って、その日のうちに、交通事故に見せかけて、黒田多恵を殺したに違いないのです」

十津川は、いったん言葉を切り、あらためて、自説を、説明することにした。

「ここで、武部美代子の立場に立って、考えてみたいと思います。彼女は、死んで、いや、殺されてしまいましたが、想像することは、可能です。二十数年前、美代子は、N自動車の小田会長と不倫関係になり、それは、ずっと続いてきましたが、彼女は、籍を入れてほしいといったことはないと、いいます。これは、本心だと思いますね。いまさら、入籍して、批判されるのも面倒だし、それより、恋人のように扱われたほうが、気楽でしょう。小田会長から、高価なプレゼントを、折にふれてもらっていたようですからね。十分に、満足していたと思います。ただ、娘のあかりのことになると、別だったと思います。自分は、今の立場で、満足しているが、娘には、少しでも、贅沢をさせたい。武部家は、旧家といっても、資産家ではありません。その点、小田会長が、認知してくれれば、N自動車の会長令嬢です。母親とすれば、当然の願いだと思うのです。それを、小田会長に向かって、強く要求できなかったのは、夫、森本久司の存在があったからだと思います。いつ、突然、夫が舞い戻ってくるか分からない。戻ってきて、娘のあかりは、絶対に、おれの娘として育てると主張したら、不倫という後ろめたさがあるから、美代子は、反対できません。だから、美代子は、今まで、自分の希望を、じっと、抑えていたのではないでしょうか。

当然、夫の森本が、どこかで死んだと分かったら、美代子は、すぐ、小田会長に、娘のあかりの認知を要求するつもりだったと思いますね。小田会長も、息子の啓一も、その美代子の気持ちを、知っていたと思うのです。特に、小田啓一のほうは、自分の利害がからんでくるから、気が気ではなかったと思いますね。失踪中の森本久司が、死んだと分かっては困る。ホームレスとして、死亡し、身許が分からないでくれればいいと思っていたに違いないのです。そのうちに、七十歳を過ぎた父の小田会長が死に、美代子も死んでしまえばいいと、思っていたと思うのです。そんな時、東京で、森本久司が死にました。彼が、収容されていた『希望の館』が、彼の家族を探そうと考え、柴田青年が、森本久司の家族を探し始めたのです。もし、こんなことがなかったら、森本久司の死は身許不明者の死ということで、このようなことにはならなかったに違いないのです。それならば、たぶん、誰も殺されなかったような気がします。しかし、善意が動き出してしまったのです。その善意に、役所の黒田多恵が賛同して、森本久司の家族を、探し始めたのです。それを、なんらかの事情で最初に知ったのは、小田啓一だったのではないか。彼にしてみれば、森本久司が死んだことは、絶対に知られたくなかった。特に、森本のかつての妻の美代子には、です。だから、黒田多恵の口を封じたんだと思います。

次は、東京で殺された青木英太郎ですが、重ねていいますが、彼は、森本久司の質札を持っていたから、殺されたのではないのです。あくまでも、森本久司が死んだことを伝えようとしたからなのです。また、ニセものの森本あかりをつくって殺したのも、同じです。ここまで来ると、森本久司の死は、ほとんど公になってしまい、美代子も、そのことを知ったわけです。そうなると安心して、娘あかりの認知を、小田会長に要求できますから、小田啓一は、近江今津の別荘に、火を放ち、火災に乗じて、美代子を殺してしまったものと考えられます。あるいは、この殺人には、小田会長も、関係しているかもしれません。小田会長も、ここに来て、権力の椅子を、長男の啓一に譲ろうとしていましたからね。そうなると、当然のことではありますが、どうしたって、息子のほうが可愛い。森本あかりを認知して、息子の啓一に譲るべき財産を、減らすことはない。そう考えて、この殺人に関係した可能性が高いと思います。これが、私の今回の一連の事件に対する考えです」

8

結局、この捜査会議の席上では、結論は、出なかったが、二日後、意外なところから、結論が出ることになった。

米原市内の、高級マンションに住む川上悟《かわかみさとる》という三十二歳の男が、城崎《きのさき》の温泉旅行から帰って、棚にしまっておいた、飲みかけのブランデー、ナポレオンを、口に運んだところ、突然、激しい嘔吐感に、襲われ、救急車で病院に運ばれて、危うく一命を、取り留めた。

川上は、退院後、すぐ、警察に直行し、

「自分は、ある男に頼まれて、今までに四人の男女を、殺してしまった。ところが、口封じのために、今度は、自分が殺されかけた。犯人は、自分に、四人の男女を、殺させた男である。その男の名前は、N自動車の社長である小田啓一、四十歳だ」

と、告白したのである。

川上悟の告白によって、警察は、小田啓一、N自動車社長を逮捕した。

最初、小田啓一は、

「私は、川上悟などという男は、まったく知らない。今まで、一度も、会ったこともなければ、話したこともない」

と、主張した。

しかし、川上は用心深い男で、万が一に備えて、自分と小田啓一の、電話のやり取りを、すべて録音していたのである。そのため、最後には、小田啓一は、川上悟に大金を渡し、四人の男女を、始末してくれるように頼んだことを、自供した。

最後に、小田啓一がいったのは、森本久司のことだった。

「森本久司が、永久に行方不明のままでいてくれたらいいのにと、僕は思っていましたよ。そうなれば、美代子も、娘のあかりを認知してくれるように、父の小田会長に頼むこともなかったでしょうから。しかし、森本久司が、東京で亡くなったことが、分かってしまった。それも、呆れたことに、一人の若い善意の男が、亡くなった森本久司の家族を探そうとして歩き回った、そのせいなんですよ。これって、悲劇ですかね？　それとも、喜劇ですかね？」

二〇〇八年四月　カッパ・ノベルス
二〇一一年五月　光文社文庫

びわ湖《こ》環状線《かんじょうせん》に死《し》す

西村京《にしむらきょう》太《た》郎《ろう》

2022年７月15日第１刷発行

発行者――鈴木章一

発行所――株式会社　講談社

東京都文京区音羽2-12-21　〒112-8001

電話　出版　(03) 5395-3510

販売　(03) 5395-5817

業務　(03) 5395-3615

Printed in Japan

講談社文庫

定価はカバーに
表示してあります

KODANSHA

デザイン―菊地信義

本文データ制作―講談社デジタル製作

印刷――――中央精版印刷株式会社

製本――――中央精版印刷株式会社

ISBN978-4-06-528519-0

講談社文庫刊行の辞

二十一世紀の到来を目睫に望みながら、われわれはいま、人類史上かつて例を見ない巨大な転換期をむかえようとしている。

世界も、日本も、激動の予兆に対する期待とおののきを内に蔵して、未知の時代に歩み入ろうとしている。このときにあたり、創業の人野間清治の「ナショナル・エデュケイター」への志を現代に甦らせようと意図して、われわれはここに古今の文芸作品はいうまでもなく、ひろく人文・社会・自然の諸科学から東西の名著を網羅する、新しい綜合文庫の発刊を決意した。

激動の転換期はまた断絶の時代である。われわれは戦後二十五年間の出版文化のありかたへの深い反省をこめて、この断絶の時代にあえて人間的な持続を求めようとする。いたずらに浮薄な商業主義のあだ花を追い求めることなく、長期にわたって良書に生命をあたえようとつとめるところにしか、今後の出版文化の真の繁栄はあり得ないと信じるからである。

同時にわれわれはこの綜合文庫の刊行を通じて、人文・社会・自然の諸科学が、結局人間の学にほかならないことを立証しようと願っている。かつて知識とは、「汝自身を知る」ことにつきていた。現代社会の瑣末な情報の氾濫のなかから、力強い知識の源泉を掘り起し、技術文明のただなかに、生きた人間の姿を復活させること。それこそわれわれの切なる希求である。

われわれは権威に盲従せず、俗流に媚びることなく、渾然一体となって日本の「草の根」をかたちづくる若く新しい世代の人々に、心をこめてこの新しい綜合文庫をおくり届けたい。それは知識の泉であるとともに感受性のふるさとであり、もっとも有機的に組織され、社会に開かれた万人のための大学をめざしている。大方の支援と協力を衷心より切望してやまない。

一九七一年七月

野間省一

講談社文庫 最新刊

水木しげる
総員玉砕せよ!〈新装完全版〉
太平洋戦争従軍の著者が実体験を元に描いた戦記漫画。没後発見の構想ノートの一部を収録。

藤井邦夫
野 暮 天〈大江戸閻魔帳(七)〉
腕は立っても色恋は苦手な麟太郎が、男女の事件に首を突っ込んだが!? 〈文庫書下ろし〉

伊兼源太郎
金庫番の娘
商社を辞めて政治の世界に飛び込んだ花織《かおり》が永田町で大奮闘! 傑作「政治×お仕事」エンタメ!

ごとうしのぶ
いばらの冠〈ブラス・セッション・ラヴァーズ〉
シリーズ累計500万部突破!《タクミくんシリーズ》につながる祠堂《しどう》吹奏楽LOVE。

矢野 隆
川中島の戦い〈戦《いくさ》百景〉
武田信玄と上杉謙信の有名な戦いの流れがリアルタイムでわかり、真の勝者が明かされる!

福澤徹三
糸柳《しやな》寿昭《としあき》
忌《い》み 地 惨〈怪談社奇聞録〉
実話ほど恐ろしいものはない。誰しもの日常とともにある実録怪談集。〈文庫書下ろし〉

手塚マキと歌舞伎町ホスト80人from Smappa! Group
俵万智・野口あや子・小佐野彈・編
ホスト万葉集〈文庫スペシャル〉
いま届けたい。俺たちの五・七・五・七・七!「歌舞伎町の光源氏」が紡ぐ感動の短歌集。

乗代《のりしろ》雄介《ゆうすけ》
本物の読書家
大叔父には川端康成からの手紙を持っているという噂があった——。乗代雄介の挑戦作。

マイクル・コナリー
古沢嘉通 訳
潔白の法則(上)(下)〈リンカーン弁護士〉
ネットフリックス・シリーズ「リンカーン弁護士」原案。ミッキー・ハラーに殺人容疑が。

講談社タイガ
井《い》坂《さか》暁《あきら》
世界の愛し方を教えて
媚《こ》びて愛されなきゃ生きていけないこの世界が、大嫌いだ。世界を好きになるボーイミーツガール。

講談社文芸文庫

伊藤比呂美

とげ抜き　新巣鴨地蔵縁起

解説＝栩木伸明　年譜＝著者

この苦が、あの苦が、すべて抜けていきますように。詩であり語り物であり、すべての苦労する女たちへの道しるべでもある。【萩原朔太郎賞・紫式部賞W受賞作】

978-4-06-528294-6　いAC1

藤澤清造　西村賢太 編

根津権現前より　藤澤清造随筆集

解説＝六角精児　年譜＝西村賢太

「歿後弟子」は、師の人生をなぞるかのようなその死の直前まで諸雑誌にあたり、編集・配列に意を用いていた。時空を超えた「魂の感応」の産物こそが本書である。

978-4-06-528090-4　ふN2

中村彰彦　乱世の名将　治世の名臣
長野まゆみ　簞笥のなか
長野まゆみ　レモンタルト
長野まゆみ　チマチマ記
長野まゆみ　冥途あり
長野まゆみ　45°〈ここだけの話〉
長嶋　有　夕子ちゃんの近道
長嶋　有　佐渡の三人
長嶋　有　もう生まれたくない
永嶋恵美　擬態
永井　均　内田かずひろ　絵　子どものための哲学対話
なかにし礼　戦場のニーナ
なかにし礼　生きる力〈心でがんに克《か》つ〉
なかにし礼　夜の歌(上)(下)
中村文則　最後の命
中村文則　悪と仮面のルール
編／解説　中田整一　真珠湾攻撃総隊長の回想〈淵田美津雄自叙伝〉
中田整一　四月七日の桜〈戦艦「大和」と伊藤整一の最期〉
中村江里子　女四世代、ひとつ屋根の下
中野美代子　カスティリオーネの庭
中野孝次　すらすら読める方丈記
中野孝次　すらすら読める徒然草
中山七里　贖罪の奏鳴曲《ソナタ》
中山七里　追憶の夜想曲《ノクターン》
中山七里　恩讐の鎮魂曲《レクイエム》
中山七里　悪徳の輪舞曲《ロンド》
長島有里枝　背中の記憶
長浦　京　赤《セキ》刃《ジン》
長浦　京　リボルバー・リリー
中脇初枝　世界の果てのこどもたち
中脇初枝　神の島のこどもたち
中村ふみ　天空の翼　地上の星
中村ふみ　砂の城　風の姫
中村ふみ　月の都　海の果て
中村ふみ　雪の王　光の剣
中村ふみ　永遠《とわ》の旅人　天地の理《ことわり》
中村ふみ　大地の宝玉　黒翼《こくよく》の夢
中村ふみ　異邦の使者　南天の神々
夏原エキジ　Cocoon〈修羅の目覚め〉
夏原エキジ　Cocoon2〈蠱惑の焰〉
夏原エキジ　Cocoon3〈幽世の祈り〉
夏原エキジ　Cocoon4〈宿縁の大樹〉
夏原エキジ　Cocoon5〈瑠璃の浄土〉
夏原エキジ　連理の宝〈Cocoon外伝〉
夏原エキジ　Cocoon〈京都・不死篇—蠢《しゅん》—〉
長岡弘樹　夏の終わりの時間割
西村京太郎　華麗なる誘拐
西村京太郎　寝台特急「日本海」《メモリー・トレイン》殺人事件
西村京太郎　十津川警部　帰郷・会津若松
西村京太郎　特急「あずさ」《アリバイ・トレイン》殺人事件
西村京太郎　十津川警部の怒り
西村京太郎　宗谷本線殺人事件
西村京太郎　奥能登に吹く殺意の風
西村京太郎　特急「北斗1号」《スーサイド・トレイン》殺人事件
西村京太郎　十津川警部　湖北の幻想
西村京太郎　九州特急「ソニックにちりん」殺人事件
西村京太郎　東京・松島殺人ルート

講談社文庫　目録

西村京太郎　新装版 殺しの双曲線
西村京太郎　新装版 名探偵に乾杯
西村京太郎　南伊豆殺人事件
西村京太郎　十津川警部 青い国から来た殺人者
西村京太郎　新装版 天使の傷痕
西村京太郎　新装版 D機関情報
西村京太郎　十津川警部 猫と死体はタンゴ鉄道に乗って
西村京太郎　韓国新幹線を追え
西村京太郎　北リアス線の天使
西村京太郎　十津川警部 長野新幹線の奇妙な犯罪
西村京太郎　上野駅殺人事件
西村京太郎　京都駅殺人事件
西村京太郎　沖縄から愛をこめて
西村京太郎　十津川警部「幻覚」
西村京太郎　函館駅殺人事件
西村京太郎　内房線の猫たち〈異説里見八犬伝〉
西村京太郎　東京駅殺人事件
西村京太郎　長崎駅《ナガサキ・レディ》殺人事件
西村京太郎　十津川警部 愛と絶望の台湾新幹線
西村京太郎　西鹿児島駅殺人事件
西村京太郎　札幌駅殺人事件
西村京太郎　十津川警部 山手線の恋人
西村京太郎　仙台駅殺人事件
西村京太郎　七人の証人〈新装版〉
西村京太郎　十津川警部 両国駅3番ホームの怪談
西村京太郎　午後の脅迫者〈新装版〉
仁木悦子　猫は知っていた
新田次郎　新装版 聖職の碑《いしぶみ》
日本文芸家協会編　愛染夢灯籠〈時代小説傑作選〉
日本推理作家協会編　犯人たちの部屋〈ミステリー傑作選〉
日本推理作家協会編　隠された鍵〈ミステリー傑作選〉
日本推理作家協会編　Play《プレイ》 推理遊戯〈ミステリー傑作選〉
日本推理作家協会編　Doubt《ダウト》 きりのない疑惑〈ミステリー傑作選〉
日本推理作家協会編　Bluff《ブラフ》 騙し合いの夜〈ミステリー傑作選〉
日本推理作家協会編　ベスト8ミステリーズ2015
日本推理作家協会編　ベスト6ミステリーズ2016
日本推理作家協会編　ベスト8ミステリーズ2017
日本推理作家協会編　2019ザ・ベストミステリーズ
二階堂黎人　ラン迷宮〈二階堂蘭子探偵集〉
二階堂黎人　増加博士の事件簿
新美敬子　猫のハローワーク
新美敬子　猫のハローワーク2
西澤保彦　新装版 七回死んだ男
西澤保彦　人格転移の殺人
西村健　ビンゴ
西村健　地の底のヤマ(上)(下)
西村健　光陰の刃《やいば》(上)(下)
西村健　目撃
楡周平　修羅の宴(上)(下)
楡周平　バルス
楡周平　サリエルの命題
西尾維新　クビキリサイクル〈青色サヴァンと戯言遣い〉
西尾維新　クビシメロマンチスト〈人間失格・零崎人識〉
西尾維新　クビツリハイスクール〈戯言遣いの弟子〉
西尾維新　サイコロジカル(上)〈兎吊木垓輔の戯言殺し〉/(下)〈曳かれ者の小唄〉
西尾維新　ヒトクイマジカル〈殺戮奇術の匂宮兄妹〉
西尾維新　ネコソギラジカル(上)〈十三階段〉

講談社文庫　目録

西尾維新　ネコソギラジカル(中)〈赤き征裁vs.橙なる種〉
西尾維新　ネコソギラジカル(下)〈青色サヴァンと戯言遣い〉
西尾維新　ダブルダウン勘繰郎《かんぐろう》　トリプルプレイ助悪郎《スケアクロウ》
西尾維新　零崎双識の人間試験
西尾維新　零崎軋識《ぜろざききししき》の人間ノック
西尾維新　零崎曲識の人間人間
西尾維新　零崎人識の人間関係　匂宮出夢との関係
西尾維新　零崎人識の人間関係　無桐伊織との関係
西尾維新　零崎人識の人間関係　零崎双識との関係
西尾維新　零崎人識の人間関係　戯言遣いとの関係
西尾維新　xxxHOLiC アナザーホリック　ランドルト環《かん》エアロゾル
西尾維新　難民探偵
西尾維新　少女不十分
西尾維新　本題〈西尾維新対談集〉
西尾維新　掟上今日子《おきてがみきょうこ》の備忘録
西尾維新　掟上今日子の推薦文
西尾維新　掟上今日子の挑戦状
西尾維新　掟上今日子の遺言書
西尾維新　掟上今日子の退職願

西尾維新　掟上今日子の婚姻届
西尾維新　掟上今日子の家計簿
西尾維新　新本格魔法少女りすか
西尾維新　新本格魔法少女りすか2
西尾維新　新本格魔法少女りすか3
西尾維新　人類最強の初恋
西尾維新　人類最強の純愛
西尾維新　人類最強のときめき
西尾維新　りぽぐら！
西村賢太　どうで死ぬ身の一踊り
西村賢太　夢魔去りぬ
西村賢太　藤澤清造追影
西村賢太　瓦礫の死角
西川善文　ザ・ラストバンカー〈西川善文回顧録〉
西川　司　向日葵《ひまわり》のかっちゃん
西　加奈子　舞台
貫井徳郎　新装版 修羅の終わり(上)(下)
貫井徳郎　妖奇切断譜
額賀　澪　完パケ！

A・ネルソン　「ネルソンさん、あなたは人を殺しましたか?」
法月綸太郎　雪密室
法月綸太郎　法月綸太郎の冒険
法月綸太郎　新装版 密閉教室
法月綸太郎　怪盗グリフィン、絶体絶命
法月綸太郎　怪盗グリフィン対ラトウィッジ機関
法月綸太郎　キングを探せ
法月綸太郎　名探偵傑作短篇集 法月綸太郎篇
法月綸太郎　新装版 頼子のために
法月綸太郎　誰《たそ》彼《がれ》〈新装版〉
乃南アサ　不発弾
乃南アサ　地のはてから(上)(下)
野沢　尚　破線のマリス
野沢　尚　深紅
野村克也／宮本慎也　師弟
乗代雄介《のりしろゆうすけ》　十《じゅう》七《しち》八《はち》より
橋本　治　九十八歳になった私
原田泰治　わたしの信州
原田泰治／原田武雄　泰治が歩く〈原田泰治の物語〉

講談社文庫　目録

林　真理子　みんなの秘密
林　真理子　ミスキャスト
林　真理子　ミ　ル　キ　ー
林　真理子　新装版 星に願いを
林　真理子　野　心　と　美　貌〈中年心得帳〉
林　真理子　正　妻　(上)(下)
林　真理子　大《お》原《はら》御《ご》幸《こう》〈帯に生きた家族の物語〉
林　真理子　さくら、さくら〈おとなが恋して〈新装版〉〉
林　真理子　見城　徹　過剰な二人
原田宗典　ス　メ　ル　男〈新装版〉
帚木蓬生　日　御　子　(上)(下)
帚木蓬生　襲　来　(上)(下)
坂東眞砂子　欲　情
畑村洋太郎　失敗学のすすめ
畑村洋太郎　失敗学実践講義〈文庫増補版〉
はやみねかおる　都会《まち》のトム&ソーヤ(1)
はやみねかおる　都会《まち》のトム&ソーヤ(2)〈乱！RUN！ラン！〉
はやみねかおる　都会《まち》のトム&ソーヤ(3)〈いつになったら作戦《ミッション》終了？〉
はやみねかおる　都会《まち》のトム&ソーヤ(4)〈四重奏《カルテット》〉
はやみねかおる　都会《まち》のトム&ソーヤ(5)〈I《イ》N《ン》塀戸《VADE》〉(上)(下)
はやみねかおる　都会《まち》のトム&ソーヤ(6)〈ぼくの家へおいで〉
はやみねかおる　都会《まち》のトム&ソーヤ(7)《怪人は夢に舞う〈理論編〉》
はやみねかおる　都会《まち》のトム&ソーヤ(8)《怪人は夢に舞う〈実践編〉》
はやみねかおる　都会《まち》のトム&ソーヤ(9)〈前夜祭《EVE》 内人《ないと》side〉
はやみねかおる　都会《まち》のトム&ソーヤ(10)〈前夜祭《EVE》 創也《そうや》side〉
原　武史　滝山コミューン一九七四
濱　嘉之　警視庁情報官〈シークレット・オフィサー〉
濱　嘉之　警視庁情報官　ハニートラップ
濱　嘉之　警視庁情報官　トリックスター
濱　嘉之　警視庁情報官　ブラックドナー
濱　嘉之　警視庁情報官　サイバージハード
濱　嘉之　警視庁情報官　ゴーストマネー
濱　嘉之　警視庁情報官　ノースブリザード
濱　嘉之　ヒトイチ　警視庁人事一課監察係
濱　嘉之　ヒトイチ　画像解析〈警視庁人事一課監察係〉
濱　嘉之　ヒトイチ　内部告発〈警視庁人事一課監察係〉
濱　嘉之　新装版 院　内　刑《デ》事《カ》
濱　嘉之　新装版 院　内　刑　事〈ブラック・メディスン〉
濱　嘉之　院　内　刑　事〈フェイク・レセプト〉
濱　嘉之　院内刑事　ザ・パンデミック
濱　嘉之　院内刑事　シャドウ・ペイシェンツ
馳　星周　ラフ・アンド・タフ
畠中　恵　アイスクリン強し
畠中　恵　若様組まいる
畠中　恵　若様とロマン
葉室　麟　風　渡　る
葉室　麟　風　の　軍　師〈黒田官兵衛〉
葉室　麟　星　火　瞬　く
葉室　麟　陽《かげ》炎《ろう》の門
葉室　麟　紫　匂　う
葉室　麟　山月庵茶会記
葉室　麟　津　軽　双　花
長谷川　卓　獄《がく》神《じん》伝〈上・白銀《しろがね》渡り〉〈下・湖底の黄金〉
長谷川　卓　獄神伝《がくじんでん》　鬼哭《きこく》(上)(下)
長谷川　卓　獄神列伝　逆渡《さかわた》り
長谷川　卓　獄《がく》神《じん》伝《でん》　血　路
長谷川　卓　獄《がく》神《じん》伝《でん》　死　地

講談社文庫　目録

長谷川　卓　嶽神伝　風花(上)(下)
原田マハ　夏を喪くす
原田マハ　風のマジム
原田マハ　あなたは、誰かの大切な人
畑野智美　海の見える街
畑野智美　南部芸能事務所 season5 コンビ
早見和真　東京ドーン
はあちゅう　半径5メートルの野望
はあちゅう　通りすがりのあなた
早坂　吝《やぶさか》　○○○○○○○○殺人事件
早坂　吝　虹の歯ブラシ〈上木《かみき》らいち発散〉
早坂　吝　誰も僕を裁けない
早坂　吝　双《そう》蛇《じゃ》密室
浜口倫太郎　22年目の告白〈―私が殺人犯です―〉
浜口倫太郎　廃校先生
浜口倫太郎　AI崩壊
原田伊織　明治維新という過ち〈日本を滅ぼした吉田松陰と長州テロリスト〉
原田伊織　列強の侵略を防いだ幕臣たち〈続・明治維新という過ち〉
原田伊織　虚像の西郷隆盛　虚構の明治150年〈明治維新という過ち・完結編〉
原田伊織　三流の維新　一流の江戸〈明治は「徳川近代」の模倣に過ぎない〉
葉真中《はまなか》顕《あき》　ブラック・ドッグ
原　雄一　宿命〈國松警察庁長官を狙撃した男・捜査完結〉
平岩弓枝　花嫁の日
平岩弓枝　はやぶさ新八御用旅(一)〈東海道五十三次〉
平岩弓枝　はやぶさ新八御用旅(二)〈中仙道六十九次〉
平岩弓枝　はやぶさ新八御用旅(三)〈日光例幣使道の殺人〉
平岩弓枝　はやぶさ新八御用旅(四)〈北前船の事件〉
平岩弓枝　はやぶさ新八御用旅(五)〈諏訪の妖狐〉
平岩弓枝　はやぶさ新八御用旅(六)〈紅花染め秘帳〉
平岩弓枝　新装版 はやぶさ新八御用帳(一)〈大奥の恋人〉
平岩弓枝　新装版 はやぶさ新八御用帳(二)〈江戸の海賊〉
平岩弓枝　新装版 はやぶさ新八御用帳(三)〈又右衛門の女房〉
平岩弓枝　新装版 はやぶさ新八御用帳(四)〈鬼勘の娘〉
平岩弓枝　新装版 はやぶさ新八御用帳(五)〈御守殿おたき〉
平岩弓枝　新装版 はやぶさ新八御用帳(六)〈春月の雛〉
平岩弓枝　新装版 はやぶさ新八御用帳(七)〈寒椿の寺〉
平岩弓枝　新装版 はやぶさ新八御用帳(八)〈春怨　根津権現〉
平岩弓枝　新装版 はやぶさ新八御用帳(九)〈王子稲荷の女〉
平岩弓枝　新装版 はやぶさ新八御用帳(十)〈幽霊屋敷の女〉
東野圭吾　放課後
東野圭吾　卒業
東野圭吾　学生街の殺人
東野圭吾　魔球
東野圭吾　十字屋敷のピエロ
東野圭吾　眠りの森
東野圭吾　宿命
東野圭吾　変身
東野圭吾　仮面山荘殺人事件
東野圭吾　天使の耳
東野圭吾　ある閉ざされた雪の山荘で
東野圭吾　同級生
東野圭吾　名探偵の呪縛
東野圭吾　むかし僕が死んだ家
東野圭吾　虹を操る少年
東野圭吾　パラレルワールド・ラブストーリー
東野圭吾　天空の蜂
東野圭吾　どちらかが彼女を殺した

東野圭吾　名探偵の掟
東野圭吾　悪意
東野圭吾　私が彼を殺した
東野圭吾　嘘をもうひとつだけ
東野圭吾　赤い指
東野圭吾　流星の絆
東野圭吾　新装版 浪花少年探偵団
東野圭吾　新装版 しのぶセンセにサヨナラ
東野圭吾　新参者
東野圭吾　麒麟の翼
東野圭吾　パラドックス13
東野圭吾　祈りの幕が下りる時
東野圭吾　危険なビーナス
東野圭吾　時《トキ》生《オ》〈新装版〉
東野圭吾作家生活25周年祭り実行委員会　東野圭吾公式ガイド〈読者1万人が選んだ東野作品人気ランキング発表〉
東野圭吾作家生活35周年実行委員会 編　東野圭吾公式ガイド〈作家生活35周年ver.〉
平野啓一郎　高瀬川
平野啓一郎　ドーン
平野啓一郎　空白を満たしなさい(上)(下)

百田尚樹　永遠の0《ゼロ》
百田尚樹　輝く夜
百田尚樹　風の中のマリア
百田尚樹　影法師
百田尚樹　ボックス！(上)(下)
百田尚樹　海賊とよばれた男(上)(下)
平田オリザ　幕が上がる
東直子　さようなら窓
蛭田亜紗子　凜
樋口卓治　ボクの妻と結婚してください。
樋口卓治　続・ボクの妻と結婚してください。
樋口卓治　喋る男
平山夢明　〈大江戸怪談どたんばたん(土壇場譚)〉魂《たま》豆《どう》腐《ふ》
東川篤哉　純喫茶「一服堂」の四季
東山彰良　流《りゅう》
東山彰良　女の子のことばかり考えていたら、1年が経っていた。
平田研也　小さな恋のうた
日野草　ウエディング・マン
平岡陽明　僕が死ぬまでにしたいこと

ビートたけし　浅草キッド
藤沢周平　新装版 春秋の檻〈獄医立花登手控え(一)〉
藤沢周平　新装版 風雪の檻〈獄医立花登手控え(二)〉
藤沢周平　新装版 愛憎の檻〈獄医立花登手控え(三)〉
藤沢周平　新装版 人間の檻〈獄医立花登手控え(四)〉
藤沢周平　新装版 闇の歯車
藤沢周平　新装版 市塵(上)(下)
藤沢周平　新装版 決闘の辻
藤沢周平　新装版 雪明かり
藤沢周平　義民が駆ける〈レジェンド歴史時代小説〉
藤沢周平　喜多川歌麿女絵草紙
藤沢周平　闇の梯子
藤沢周平　長門守の陰謀
古井由吉　この道
藤田宜永　樹下の想い
藤田宜永　女系の総督
藤田宜永　女系の教科書
藤田宜永　血の弔旗
藤田宜永　大雪物語

藤　水名子　紅　嵐　記（上）（中）（下）
藤原伊織　テロリストのパラソル
藤本ひとみ　新・三銃士　少年編・青年編〈ダルタニャンとミラディ〉
藤本ひとみ　皇妃エリザベート
福井晴敏　亡国のイージス（上）（下）
福井晴敏　終戦のローレライ　Ⅰ～Ⅳ
藤原緋沙子　遠　花　火〈見届け人秋月伊織事件帖〉
藤原緋沙子　春《はる》疾《はや》風《て》〈見届け人秋月伊織事件帖〉
藤原緋沙子　暖《ぬくめ》鳥《どり》〈見届け人秋月伊織事件帖〉
藤原緋沙子　霧　の　路《みち》〈見届け人秋月伊織事件帖〉
藤原緋沙子　鳴《なる》子《こ》守《もり》〈見届け人秋月伊織事件帖〉
藤原緋沙子　夏　ほ　た　る〈見届け人秋月伊織事件帖〉
藤原緋沙子　笛　吹　川〈見届け人秋月伊織事件帖〉
藤原緋沙子　青《せい》嵐《らん》〈見届け人秋月伊織事件帖〉
椹野道流　亡　羊　の　嘆〈鬼籍通覧〉
椹野道流　新装版　暁　天　の　星〈鬼籍通覧〉
椹野道流　新装版　無《む》明《みょう》の　闇〈鬼籍通覧〉
椹野道流　新装版　壺《こ》中《ちゅう》の　天〈鬼籍通覧〉
椹野道流　新装版　隻《せき》手《しゅ》の　声〈鬼籍通覧〉
椹野道流　新装版　禅《ぜん》定《じょう》の　弓〈鬼籍通覧〉
椹野道流　池《ち》魚《ぎょ》の　殃《わざわい》〈鬼籍通覧〉
椹野道流　南《なん》柯《か》の　夢〈鬼籍通覧〉
深水黎一郎　ミステリー・アリーナ
藤谷　治　花　や　今　宵　の
古市憲寿　働き方は「自分」で決める
船瀬俊介　かんたん「1日1食」!!〈万病が治る！　20歳若返る！〉
古野まほろ　身《ジ》元《ェー》不《ン・ド》明《ゥ》〈特殊殺人対策官　箱崎ひかり〉
古野まほろ　陰　陽　少　女
古野まほろ　陰　陽　少　女
古野まほろ　禁じられたジュリエット〈妖刀村正《ようとうむらまさ》殺人事件〉
藤崎　翔　時間を止めてみたんだが
藤井邦夫　大江戸閻《えん》魔《ま》帳《ちょう》
藤井邦夫　三　つ　の　顔〈大江戸閻魔帳㈡〉
藤井邦夫　渡　世　人〈大江戸閻魔帳㈢〉
藤井邦夫　笑　う　女〈大江戸閻魔帳㈣〉
藤井邦夫　罰《ばち》当《あた》り〈大江戸閻魔帳㈤〉
藤井邦夫　福　の　神〈大江戸閻魔帳㈥〉
福澤徹三／糸柳寿昭　忌《い》み　地〈怪談社奇聞録〉
福澤徹三／糸柳寿昭　忌《い》み　地　弐〈怪談社奇聞録〉
藤井太洋　ハロー・ワールド
藤野嘉子　60歳からは「小さくする」暮らし　生き方がラクになる
福澤徹三　作　家　ご　は　ん
辺見　庸　抵　抗　論
星　新一　エヌ氏の遊園地
星　新一編　ショートショートの広場①～⑨
本田靖春　不　当　逮　捕
保阪正康　昭和史　七つの謎
堀江敏幸　熊　の　敷　石
本格ミステリ作家クラブ編　ベスト本格ミステリ　TOP5〈短編傑作選002〉
本格ミステリ作家クラブ編　ベスト本格ミステリ　TOP5〈短編傑作選003〉
本格ミステリ作家クラブ編　ベスト本格ミステリ　TOP5〈短編傑作選004〉
本格ミステリ作家クラブ選・編　本格王２０１９
本格ミステリ作家クラブ選・編　本格王２０２０
本格ミステリ作家クラブ選・編　本格王２０２１
本格ミステリ作家クラブ選・編　本格王２０２２
本多孝好　君　の　隣　に
本多孝好　チェーン・ポイズン〈新装版〉

講談社文庫　目録

穂村　弘　整形前夜
穂村　弘　ぼくの短歌ノート
穂村　弘　野良猫を尊敬した日
堀川アサコ　幻想郵便局
堀川アサコ　幻想映画館
堀川アサコ　幻想日記店
堀川アサコ　幻想探偵社
堀川アサコ　幻想温泉郷
堀川アサコ　幻想短編集
堀川アサコ　幻想寝台車
堀川アサコ　幻想蒸気船
堀川アサコ　幻想商店街
堀川アサコ　幻想遊園地
堀川アサコ　魔法使ひ
本城雅人　境界〈横浜中華街・潜伏捜査〉
本城雅人　スカウト・デイズ
本城雅人　スカウト・バトル
本城雅人　嗤うエース
本城雅人　贅沢のススメ

本城雅人　誉れ高き勇敢なブルーよ
本城雅人　シューメーカーの足音
本城雅人　ミッドナイト・ジャーナル
本城雅人　紙の城
本城雅人　監督の問題
本城雅人　去り際のアーチ〈もう一打席！〉
本城雅人　時代
堀川惠子　裁かれた命〈死刑囚から届いた手紙〉
堀川惠子　死刑の基準〈「永山裁判」が遺したもの〉
堀川惠子　永山則夫〈封印された鑑定記録〉
堀川惠子　教誨師
堀川惠子　戦禍に生きた演劇人たち〈演出家・八田元夫と「桜隊」の悲劇〉
堀川惠子／小笠原信之　チンチン電車と女学生〈1945年8月6日・ヒロシマ〉
誉田哲也　Qros《キュロス》の女
松本清張　草の陰刻
松本清張　黄色い風土
松本清張　黒い樹海
松本清張　ガラスの城
松本清張　殺人行おくのほそ道(上)(下)

松本清張　邪馬台国　清張通史①
松本清張　空白の世紀　清張通史②
松本清張　カミと青銅の迷路　清張通史③
松本清張　天皇と豪族　清張通史④
松本清張　壬申の乱　清張通史⑤
松本清張　古代の終焉　清張通史⑥
松本清張　新装版　増上寺刃傷
松本清張他　日本史七つの謎
松谷みよ子　ちいさいモモちゃん
松谷みよ子　モモちゃんとアカネちゃん
松谷みよ子　アカネちゃんの涙の海
眉村　卓　ねらわれた学園
眉村　卓　なぞの転校生
麻耶雄嵩　翼ある闇〈メルカトル鮎《あゆ》最後の事件〉
麻耶雄嵩　痾
麻耶雄嵩　メルカトルかく語りき
麻耶雄嵩　夏と冬の奏鳴曲《ソナタ》〈新装改訂版〉
麻耶雄嵩　神様ゲーム
町田　康　耳そぎ饅頭

町田　康　権現の踊り子
町田　康　浄土
町田　康　猫にかまけて
町田　康　猫のあしあと
町田　康　猫とあほんだら
町田　康　猫のよびごえ
町田　康　真実真正日記
町田　康　宿屋めぐり
町田　康　人間小唄
町田　康　スピンク日記
町田　康　スピンク合財帖
町田　康　スピンクの壺
町田　康　スピンクの笑顔
町田　康　ホサナ
町田　康　猫のエルは
舞城王太郎　煙か土か食い物〈Smoke, Soil or Sacrifices〉
舞城王太郎　世界は密室でできている。〈THE WORLD IS MADE OUT OF CLOSED ROOMS〉
舞城王太郎　好き好き大好き超愛してる。
舞城王太郎　私はあなたの瞳の林檎
舞城王太郎　されど私の可愛い檸檬
真山　仁　虚像の砦
真山　仁　新装版 ハゲタカ(上)(下)
真山　仁　新装版 ハゲタカII(上)(下)
真山　仁　レッドゾーン(上)(下)
真山　仁　グリード(上)(下)〈ハゲタカIV〉
真山　仁　ハーディ(上)(下)〈ハゲタカ2・5〉
真山　仁　スパイラル〈ハゲタカ4・5〉
真山　仁　シンドローム(上)(下)〈ハゲタカ5〉
真山　仁　そして、星の輝く夜がくる
真梨幸子　孤《こ》虫《ちゅう》症《しょう》
真梨幸子　深く深く、砂に埋めて
真梨幸子　女ともだち
真梨幸子　えんじ色心中
真梨幸子　カンタベリー・テイルズ
真梨幸子　イヤミス短篇集
真梨幸子　人生相談。
真梨幸子　私が失敗した理由は
松本裕士　兄弟〈追憶のhide〉
円居　挽／原作 福本伸行　カイジ ファイナルゲーム 小説版
松岡圭祐　探偵の探偵
松岡圭祐　探偵の探偵II
松岡圭祐　探偵の探偵III
松岡圭祐　探偵の探偵IV
松岡圭祐　水鏡推理
松岡圭祐　水鏡推理II〈インパクトファクター〉
松岡圭祐　水鏡推理III〈パレイドリア・フェイス〉
松岡圭祐　水鏡推理IV〈アノマリー〉
松岡圭祐　水鏡推理V〈ニュークリアフュージョン〉
松岡圭祐　水鏡推理VI〈クロノスタシス〉
松岡圭祐　探偵の鑑定I
松岡圭祐　探偵の鑑定II
松岡圭祐　万能鑑定士Qの最終巻〈ムンクの〈叫び〉〉
松岡圭祐　黄砂の籠城(上)(下)
松岡圭祐　シャーロック・ホームズ対伊藤博文
松岡圭祐　八月十五日に吹く風
松岡圭祐　生きている理由
松岡圭祐　黄砂の進撃

2022年6月15日現在